"极光"世界华文散文丛书

袁勇麟　主编

心的追寻

〔泰国〕

曾　心　著

海峡出版发行集团｜海峡文艺出版社

图书在版编目(CIP)数据

心的追寻/(泰)曾心著. －福州:海峡文艺出版社,
2023.12
("极光"世界华文散文丛书/袁勇麟主编)
ISBN 978-7-5550-3499-5

Ⅰ.①心… Ⅱ.①曾… Ⅲ.①散文集－泰国－现代 Ⅳ.①I338.65

中国国家版本馆 CIP 数据核字(2023)第 192698 号

心的追寻

[泰国]曾 心 著		
出 版 人	林 滨	
责任编辑	陈 瑾	
助理编辑	陈凌宇	
出版发行	海峡文艺出版社	
经 销	福建新华发行(集团)有限责任公司	
社 址	福州市东水路 76 号 14 层	
发 行 部	0591－87536797	
印 刷	福州德安彩色印刷有限公司	
厂 址	福州市金山工业区浦上标准厂房 B 区 42 幢	
开 本	889 毫米×1194 毫米 1/32	
字 数	160 千字	
印 张	11.375	
版 次	2023 年 12 月第 1 版	
印 次	2023 年 12 月第 1 次印刷	
书 号	ISBN 978-7-5550-3499-5	
定 价	68.00 元	

如发现印装质量问题,请寄承印厂调换

总　序

　　中国是个有着悠久散文传统的国度。作为一个文类，散文在中国文学中占有不可替代的位置。20世纪以来，尤其是第二次世界大战结束以后，欧美传统散文日趋衰落，难以为继，而当代华文散文却长盛不衰。无论是在中国大陆、台港澳，还是在海外，华文散文的创作都非常壮观，形成多元发展、共生互补的繁荣鼎盛的整体格局，堪称世界文学中一个独特的人文景观。

　　中国大陆、台港澳以及海外的华文散文，同属于中国文学的延伸。当代华文散文的发展，离不开历史悠久、传统深厚、成果丰硕的古代散文和日新月异、生动活泼、异彩纷呈的现代散文的滋养。正是在共同的民族文化精神和文学传统的基础上，不同区域的华文散文相互融合，博采众长，创造了在世界文学中一枝独秀的非凡业绩。

中国人移居海外已有悠久的历史，足迹遍布地球的每一个角落。他们不仅带去了中华民族的物质文明，也把灿烂辉煌的中华文化传播到世界各地。华文散文创作，也令人大有"天涯何处无芳草"之感，构成了世界华文文学中一道非常壮观的风景线。潘旭澜教授认为："在世界各地的华人中，散文一向受到充分重视。有很多文化人，将散文作为主要的艺术追求乃至毕生事业。不少学者、诗人、小说家、戏剧家，在各自的领域可以有更大作为之时，也将大量心血与灵性付诸散文。散文作者中，不少人学贯中西，有很高文化涵养，富有创造力。""社会、政治、经济、文化、教育、宗教、地理、风习的不同，文学的历程和处境各殊，造成了散文的丰富斑斓、情调迥异。"华文散文是在中国文学的母体中孕育诞生的，同时又是在不同的社会背景、生活环境、文学土壤中发育成长的，这就使得它们既具有与中国文学一脉相承的血缘关系，相同或相近的语言形态，隐含在语言之中的民族性格、心理、情感、思维方式，以及浮现于语言之上的道德规范、价值取向、人格理想、生活态度、审美观照，又呈现出与中国文学迥然不同的多姿多彩的独特风貌。

　　我与华文散文的渊源从何时结下的，连我自己都说不清楚。有时一个人凝视着满橱满架的华文书籍，有一种莫名的安定和亲近，好像感觉到如散文家钟怡雯所说的"与书神游"的状态："我通过文字开启深邃宽广的知识世界，同时释放囚在坛子里的书魂。"我能感受到藏在这些华文书籍中的魂魄精灵，那些浮游的心灵，孤独或者喧闹，平静或者焦虑，近在咫尺的呢喃低语，嘈嘈切切的此起彼伏，有种温暖和充实的满足。尤其是散文那种突显自由心性、传达主观体验的文类特征和从容自如、潇洒流利的文体特点，深深吸引着我。也许是缘于对个体精神和生命体验真实态度的偏爱，我逐渐将目光关注到华文散文上。当代世界华文散文有着显卓的成就，前有古人，后有来者，这条文学之途从未荒芜过，因为文人朝圣的心灵未曾干涸，正是这份心灵，一直以来感动着我，在最柔软的心房。

"海外"是一种状态，一种生存状态、生命状态和写作状态。世界各地都有华人的身影，他们有早期因灾荒战乱而离乡背井的艰难探索者，也有后来因求学交流而远涉重洋的孤零漂泊者。他们的故事或许不同，如一曲高低错落的多声部混杂交响乐章，但这其中一定有着一个主旋律，那就是身为华人的烙印——这个深入骨髓的印痕，总在异国他乡落叶纷飞、黄昏幕帐徐徐落下的时候，引发灵魂深处的悸动，于是他们用文字缓缓书写"人类的精神家园"（曾心）。我很难形容那是一种怎样的刻骨铭心，也许真的如彦火说的是以血代墨，"文学家所走的路，是殷红色，不是铺满蔷薇，而是像蔷薇一样的鲜灿的血——那是文学家淌血的路”。我只是在阅读的时候，在与那些文字相遇的时刻，感受到自己心灵深处的撞击，一声声，敲打着我，让我不由自主地走进这片迷园，聆听那番心声。

感谢海峡文艺出版社林滨社长邀请我主编"极光"世界华文散文丛书。华文散文因为它特殊的身份而具有某种程度上的疏离，于是也具有了更自由更任性的文学言说，它是在灵魂深处"与宇宙对话"（林湄），"可以让自己自由自在地飞翔"（朵拉），因此，"造就了独特的张力和自由思考的空间"（陈瑞琳）。正是这种言说，为我们提供了另一种风景，这道风景，永远具有独具一格的文学魅力，在人类的精神天宇之极烁烁闪光。

2023 年 10 月 19 日于福州

感受散文（代自序）

我的写作还没有自我定向，没专长写哪种文体。有什么素材、题材，适合什么文体，便写什么文体。有时这种文体写厌了，便写另种有兴趣的文体；甚至有时老编约稿，规定什么文体，也得掏出储存在脑子里的素材，涂鸦成章。

有句俗话："执者迷，旁者清。"写了十多年，自己也不知道擅长写什么文体。后来有些作家、评论家出来说话了，多数认为我的散文写得比其他文体好。这说明"旁者"比我更"清"！

在自己写散文的实践中，我觉得文体间，并不是各自形成孤岛，而是一块各有版图的陆地。写散文，尤其是叙事散文，也往往用得上小说的三要素——环境、人物、情节。

有情节，哪怕是不完整的情节，更能引人

入胜。也可用诗歌形象、凝练的语言和用诗的想象力去开拓和丰富题材的内核，使散文更有想象的空间。甚至在关键处，可用小段的议论，把文中的伏笔点明，起到画龙点睛的作用。但散文的题材必须是真实的，包括心灵的真、艺术的真；不能像小说那样可以虚构，也不能像诗歌那样可以插上想象的翅膀任意翱翔。

我的散文偏重于写人、写事、写自然，记下我自己与亲戚朋友的一些人生经历，对某些人的相识相知，对大自然的热爱和崇尚。在我的散文里可以见到我过去和现在所走过的足迹。可谓是一篇篇公开的带有文艺笔调的日记。

写散文要贴近生活、深入生活、理解生活，最好亲临其境。生活本身是生动的、真实的。用艺术手腕把它描写出来，文章自然会生动活泼。

我不反对写个人心灵，但自己几乎没有写个人心灵的抒情散文。我喜欢把个人的心灵与感情融入所叙述的事、人和自然中去，使之有我的心灵和情感的"脉搏"跳动。与其说在写事、写人和写自然，不如说在写对事、对人和对自然的感受。

我觉得感受越深刻越好，倘若感受能升华到感悟境界，那就妙不可言了。

有人说："真诗乃以爱为圆心，以人生为半径所画的圆。"不错！"真诗"如此，"真散文"更是如此。郁达夫在《新文学大系·散文二集·导言》提出"一篇散文的最重要的内容，第一要寻这'散文的心'"。如果"以爱为圆心"作为立论，"爱"字，应当是"散文心"。

在智慧、信仰、爱这三项人间精神高塔中，爱是最重要的。有爱，才能酝酿并漫溢出情的琼浆。有大爱、真爱，才能产生真情、纯情。如把爱的乳汁和情的波涛倾入散文里，就能化成流动的文字、流动的词、流动的句，自然形成一股流动的"正气"。这股"正气"在字里行间的飞动、凝聚，就会氤氲出一种"神"。有了"神"的散文，才有震撼力。而对爱淡薄，或只有"杂爱""私爱"之心，所漫溢出来的"情"，在字里行间就没有这股流动的"正气"，也就没有"神"，甚至是"失神"。《黄帝内经·素问》

云："得神者昌，失神者亡。"这句话用在散文上，也可谓允当！

写散文有法又无法。平时我看散文，也喜欢看一些有关评论，琢磨一些名篇的技巧，让这些"法"在脑海里潜移默化地深藏，但一旦投入写作，脑海里似乎没有这些"法"的牵动，只是一心考虑如何写出在日常生活中一般人所见不到的东西，或者从司空见惯的东西去发掘背后的"奥秘"。我经常提醒自己：写事，尽量不要光写事件的过程，而要发掘事物的本质。写人，尽量不要光写外貌和行动，而要深挖人物的内心世界。写景，尽量不要光写"静景"与"固景"，而要结合个人的内心活动，写出"动景"和"活景"。

我的散文，有不少是游记。写游记，我喜欢带有较浓厚的个人主观色彩。一面写客观存在的外景，一面写自己感受的内景，使内外二景交叉展现，并用心灵的思绪串成一条围绕着"文心"的伏线，在内外景聚焦之处，起"光合作用"。

如写《与心灵接轨的阳关道》，既写我一路上所见的一个个的实景，又写我对这一个个实景的内心感受，但文中始终隐隐约约埋着一条伏线，即王维《渭城曲》的诱惑力。而到达内外景接轨之处——阳关故址，眼见的外景是"一堵半坍废的黄色土墩"。这分明没有什么看头，但由于我心中几十年来一直深藏着那阕《渭城曲》，并想亲自对诗境实地踏访，故此，那"土墩"，在我眼里不只是"烽燧"，而且是一团不灭的诗魂！

这样在内外景的聚焦处，就有一个闪光点，使读者不会那么"扫兴"，也许还会诱惑一些像我这么"傻"的文人也去实地踏访。这篇散文如果没有这条心灵的伏线，非丢入纸篓不可。因为光写外景，读者不如看旅游手册更好。

当时的感受，我写了这样一首短诗——《阳关》：

一阕《渭城曲》

惹我到阳关

不见碛中

故城址

只见墩山

一烽燧

烽燧

不点火

烽燧

没放烟

只是一堆历史的残筑

若是来寻景

——一片废墟

若是来寻诗

——一团诗魂

以上是我对散文一些还不成熟、不深刻的感受，供大家进一步探讨与争鸣。

选自曾心著《给泰华文学把脉》，厦门大学出版社，2005年3月版。

目　录

第三辑　仰觅珍藏

第四辑　追忆文缘

第一辑　追求极境

高山的幸福花

老是想到泰北看樱花。由于樱花生命短促，从含苞待放到花落流水只有数天时间。因此，要看樱花，还得有缘呢！

记得4年前，我曾去过一趟，也许无缘，只见光秃秃的樱花树。一时，我那颗赏花之心，也像秋叶似的飘落在那寒冷的高山上。

有人说："每年最后一滴秋雨，樱花即开放！"这话也许不错，但谁有那么大的能耐，可测知哪一滴是最后的"秋雨"呢？

据姚先生说："泰北的樱花，是嫁接的，花朵比日本的大，花期各地也不同。剪枝后25天便开花。"由于他的"点火"，我深埋在心灵里的观樱花之"火种"又燃烧起来。

于是，今年深秋，我便与几位文友，从曼

谷专程坐了十几个小时汽车，到清迈芳县的安康山看樱花去。

到达芳县城，太阳已偏西。要到达目的地，还得往前再上25公里左右的山路。

本来我们是想赶到山顶看落日的，现在已迟了，心中未免有些不满足。但也许天公作了美，西边落了太阳，东边却升起了月亮。哈！今夜的月亮还是挺圆挺圆的。可好，那明月将伴我们上高山了！

夜，汽车在密林丛中的崎岖山路爬行。坐在汽车上的我，时不时看着窗外。这盘山的公路，虽陡峭，倒修得很平整，在拐弯险要之处，都立下长长的一排路栏，并皆嵌上反光片，在汽车灯光的映照下，反射出红黄鲜艳的色泽，似盏盏五彩斑斓的节日之明灯。

哟，这是一条多美而不平凡的山路！

汽车越过海拔1700多米的山峰，又慢慢向下滑行，来到一个宁静的小村落。

姚先生告诉我们："这是泰王开发山区第一个御计划，以前这一带都是种罂粟花，现已改种水果了。"

我们进到一间竹棚的小食店，女侍员热情地招待："老师，要吃什么？"

我觉得奇怪，这里的人为什么不称"先生"，而称"老师"呢？

我们边吃边打听：山上夜晚的气温与樱花开了没有？得到邻坐的"老师"的回答："一般是十度左右，最冷是零下四度。""现在樱花还没开花，要到下个月这个时候才开花。"

姚先生听后愣住了，不好意思地对我说："哦！我记错了，不是剪枝后25天开花，而是1个月零25天开花。"

当然，记忆的东西不一定很准确。我是不会怪他的，只怪我自己与樱花无缘。不过，说真的，我那颗一心一意想来观樱花的心，受到了极大的挫伤，一时，似觉比掉入零度以下的冰窖还要冷！

但当走出那间小食店，我那想观樱花之心尚未"死"。心想，樱花固然有个生物钟，每年都准时开花；难道没有个别生物钟失灵的，而独自提早开花的吗？即使没有满冠怒放，有那么一两朵也好。

于是，在寻找投宿的沿途中，我总从汽车窗口探出头来。不知是我眼蒙，还是幻觉，在明亮的月光下，几次还错把路旁的蕃杜鹃花当樱花呢！

靠姚先生的关系，我们四个人（包括司机）被安排住在两间小木房里。开了门，一看倒觉得很别致，除整洁的铺被外，壁上还挂着泰王亲自视察与指导山区开发计划的御照。

本来经过 12 小时路途的颠簸，也有些疲劳，该早睡了。可是姚先生却兴致勃勃，邀我到房外赏夜景。

此时，伴我们上山的明月，已挂在天心。

在曼谷，我也常见到明月，但同样一个月，我却觉得高山的月比曼谷更明、更亮、更圆，亦更近。

平时虽懂得形容"月色如水""月光如银""月光似霜"等等，但似乎此时此地所见到的明月，才有切身的体会。你看，如银的月光，静静地倾泻在满山遍野的叶子和花上。再看看自己身上的衣服，也积了很厚的银似的，只要脱下上衣轻轻一抖，便能抖落一地的水银呢！

山坳的夜很静，偶尔能听到不知名的草虫一两声叫声，甚至连树上的野果落地声也能听到。高山沉睡了，森林沉睡了，大地沉睡了！我也打哈欠，很想入睡了！

天还没有亮，姚先生又把我唤醒，说要早点上山顶看日出。

当然，这又引起我的"兴奋"。昨天来时，看不到日落，现能一睹日出，也是一种"眼福"！

也许山坳的太阳起得迟，远处传来"当当"六下的打更声，还不见东方露出鱼肚白。前面的小村庄，依然静悄悄，似乎一切还在睡梦中。

我觉得很奇怪，为什么静得连一点鸡鸣犬吠之声也没有？难道这里的村民没有养鸡狗吗？

我正把此"感觉"告诉姚先生，姚先生也似乎很有同感。

忽然前头从山坡飞来一辆摩托车，停在离我们不远的地方。一个戴尖帽的小伙子，主动向我们打招呼，还称我们为"老师"呢！

"这么早到哪里去？"我问。

"要来打钟。"小伙子笑吟吟地答。

"钟在哪里？"

"在前面。"

"可以去看吗？"

"当然可以。"

我乘机向他了解村里的基本情况。他说："此村只有两百多人，多数是外地来的农业专家与技术员，还有几位是台湾来的。这里一天24小时，每小时都得打钟。东南西北，有敲钟处，人们听钟声，作为作息的参考。"

一听，我茅塞顿开：这里的人，一见面互称老师，原来这个村落，不是一般的村庄，而是一所聚居着高级知识分子的"学校"，而住在"学校"里的专家、技术员，怎会有闲情养鸡犬呢？

我跟那小伙子并排走着，突然他离我而走，走到右边几十步远的桃树下，举槌在敲钟。我一看，那不是"钟"呀！分明是一块像锄头般的铁片。

　　他也许为了赶时间，还得到那山敲钟去，便匆匆向我们告别。我们也赶着看日出去了。

　　昨晚来时，看不清沿途的东西，此时山坡裹在晨曦里，已露出他的"真面目"。这一"露"倒叫人吃了一惊！原来片片的山坡，却是丘丘的花果"实验田"。

　　有桃树、梨树、苹果树的"实验田"，还有梅树、葡萄等等"实验田"。哦！它们正开着白花、红花、紫花、黄花呢！可望呀，望不到边……

　　汽车半走半停，我们不时从车上跳下来，观看和"争论"这是什么果树，那是什么花？

　　尤其是那片梅林，枝头正开着无数点点的小白花。看那树桩头："古"与"老"，"奇"与"怪"，给人一种横斜疏瘦与"老枝奇怪者"的感觉。如果选几株来制作树桩盆景，倒够欣赏标准与韵味。

　　博文兄感叹说："这些树龄可能有二三十年了吧！"的确，从树桩看，显得苍老了，而从枝头看，那朵朵花还俏丽呢！

"为什么开的都是白花？"博文兄问。我说："红花，是属观赏梅，白花又叫果梅，果实可制作梅干、咸梅等。"不知答得可对否？

眼看这无边无际的果林，脑子也无边无际地驰骋着：为什么这些长在寒带、亚热带的果树，能在热带地方安家落户、繁子衍孙呢？这些果树不知经过怎样嫁接、改良，才能适应这里的水土？这些移植的果树，会不会有所"变种"呢？所结出的果子与地道的原汁原味有什么不同呢？

当然，我不是搞农林的，以上问题将会长期在脑中"存档"，但我对培育这些"新生代"的专家、技术员与劳动人民是十分敬佩的，从心底向他们表示敬意。泰国有这样一大批敬业精神的人，便高山可移，海水可翻。

人的情绪也会随着"景"而变化。昨晚我想看樱花的情绪，顿时被眼前的"景"所掩盖，所占据了。

据记载，地球上的植物有20多万种。我想，眼前所见的这种种，该不是属于在"群芳谱"之中吧!

它开在泰王开发山地御计划的园圃里,开在原来长满罂粟花的边陲深山里;它给穷乡僻壤人民造福!它是人们理想之花,是一种比樱花更美之花——幸福花。

但丁在《神曲》中写道:

我向前走去,

但当我一看到花,

脚步就慢下来了……

的确,我们不由自主停留下来,陶醉在姹紫嫣红的幸福花中。不知此时此地是花的相邀,还是我的情绪,我的生命也化成一朵花似的,陶陶然、欣欣然地融入这理想花的大自然中。

当从"醉"中醒来,又想起要赶到山顶看日出时,抬头一看,太阳已爬得老高了,还瞅着我们笑哩!

在回程半路上,我们买到挺漂亮的柑、梨、苹果等这些水果,以往在曼谷唐人街购买,还以为是"舶来品"呢！现在才知道，多数都是泰王开发山地御计划所生产的东西。这些与原地产的佳果并列，几乎可以达到"真假难分"的地步了。

回到家里，太太问我："看到樱花没有？"

我说："没有！"她"咦"的一声。

我倒情不自禁地说："樱花虽未看到，但看到一种比樱花更美的幸福花！"

"幸福花？"她愕然。

我笑着点头。

选自方忠主编的 2020—2022《海外华文文学精品集》（诗歌散文卷），作家出版社，2023年3月版。

菊花山的风景

我见过不少的花城、花市、花村、花会，但花山还是第一次见到。

去年的深秋，我与博文、志光兄沿着泰国西北边陲"远征"，路程往返约 2500 公里。最后一天，坐在专车上长达 13 小时，是我平生坐车最长的一次。

那天是水灯节，一早，我们便从清迈芳县出发，汽车沿着山岳连绵的公路奔驰，绕过七十几座山峰，无数的大转弯，才达到昔日被称为泰国的"西伯利亚"的夜丰颂府。

真出乎我们所料，在这与缅甸接壤的西北角山城，倒出现一新景观，不是张灯结彩，也不是车水马龙，而是那些堂而皇之的大酒店都"爆满"，甚至连小旅店也无空房。

这是为什么呢？我们边猜测边议论：国内外游客，或许想赶来看今晚边陲放水灯的风景；或许想去巴洞村看看长颈妇女的奇貌；或许想骑着笨重的大象穿林过河去猎奇；或许想到乌柯山看野菊盛开……

由于找不到住宿，姚先生一看表，才下午两点，便说："我们赶到乌柯山过夜！"

一路上，由于担心到乌柯山的住宿问题，对路上的风景倒淡然而"无视"了。等到车子从主线转入上坤嵩山脉的小路时，才时不时把眼睛望着窗外的风景。

不久，便发现一景致——挂在山头的太阳，好像是在画中，不动了。绿色的山坡，出现东一块西一块的黄色"梯田"。这种"梯田"越来越多，渐渐地在眼前连成一片。

我们以为要看的菊花山已到了，便把车停下来，放眼欣赏并拍摄此菊景。此地的菊花有两人高，冠顶开的黄花，朵朵如向着生命之光的小太阳。

也许天公的巧安排，此时正好有几个天真

活泼的小学生，背着书包，跑跑跳跳，向一条被人踏成的菊蹊走去。

正在忙着取景的志光兄眼明手快，立即把镜头对准此“活景”，“卡嚓”一声。我在旁不禁叫道：“好景！”他也很得意地对我一笑，好像说：此张“菊蹊”相片，不是景中有诗，诗中有画了吗？

我们见到菊花林，心里也有几分满足了，觉得即使到了“终点”，也不过是一片更大的菊林吧！因此，脑子闪过这样的“动摇”：再上嘛，太阳也快要下山了，万一山顶上没有住宿的地方，怎么办？还是下山吧！

正在踌躇间，便见一位当地人走过来。姚先生即向他盘问。只见那位头上扎着花布的汉子，指着菊林说：“呶！那里不远处，有一间学校，夜里有游客到那里住。”这个回答，使我们一路担心住宿的“包袱”，嗖地抛进菊花林里了。

姚先生来了劲，把那粗壮的手臂一挥说：“上车！”

车，终于又来到一山腹，开始见到有游客，

山路两旁，搭着低矮的茅屋，摆卖蔬菜、山果及小工艺品 ，还有一两间小食店与杂货店，看来是个小集市。令我们眼睛一亮的是，在不远的花丛中，搭有几十个各种颜色的 A 字形"小屋"，料是供给游客住宿的野外营帐吧！不知怎么的，此时此刻，我们的心都恋着那"小屋"了，觉得今晚该体验一夜野营生活的浪漫！

当车子继续沿着山坡走时，另一个奇景突然出现了：一座耸立在两旁山峦中间的孤山，像一座金光万道的金山，在夕阳的照耀下，竟然染黄了半壁天！两旁的山岭皆是绿色，唯有这座菊山是黄色的，从山脚到山顶几乎每寸土地都被野菊的子孙占领了。多么的壮观！真是万绿山中一山黄呀！

我的思绪随着车轮向菊山走去而飘得很远：中国唐朝以前的菊花，开的都是黄花。因此，唐以前的诗词，都把菊花称黄花。唐以后始有白菊记载，宋代品种增多，至今约有 3000 多种。心想，眼前的这种黄菊花，虽不知它是属于 3000 多种中的哪一种，但以黄花为推断，它是属于最古老的那一种，是正宗之种。这里的山菊花，不管时间的推移、时代的变迁，它总是默默地生在这海拔约 900 米的乌柯山上，以"黄"显示它们的成熟，以"黄"显示它们不变的"族谱"，以黄显示它们自甘寂寞的宁静心境！

啊！我们的车进入到一个黄花开遍的世界。这里的菊跟我们坐的面包车一般高，两旁的金灿灿的"小天使"，也许太"激情"了，似伸出小手，有的甚至太"狂野"了，用黄黄的嘴唇"亲"着玻璃窗，好像争着要与我们接吻拥抱似的！

苏东坡有词云："又恐琼楼玉宇，高处不胜寒。"这里虽没有"琼楼玉宇"，但我仿佛已离开了人间，置身于一个黄花似锦的天堂，获得"一念清闲似在仙"的佳境，享受到一种宁静和平与纯净天然之美！

我们站在山顶向下望，见到半山腰，也有几处，在花丛中搭起营帐来，许是游人今夜想与黄花共眠，听听花之语、花之曲吧！

在山顶一边劈成小停车场的石壁上，有无

数攀岩垂下的野菊花，构成一幅鲜灵灵的菊花"活"壁画似的。博文兄颇有眼力，首先发现这幅天然"壁画"，叫姚先生给他单独照张相。姚先生锐眼一"瞥"，赞道："好景！"博文兄站在壁画中笑道："像不像人在花丛中？"我赞同说："很像！"自己也站在壁画中，留下一张得意的照片。

从山顶下来，我顺手采了几朵野菊花，坐在车上细瞧，每朵花都有两个圆盘——花瓣组成大圆盘，花蕊组成小圆盘，盘中有盘，花中有花，犹如圆盘中放着一个中秋月饼。

弘一大师在《咏菊》中吟道："亭亭菊一枝，高标矗晚节"。在"亭亭菊"的面前，他想到出家是为保持高尚晚节的问题。我在"亭亭菊"的面前，想到的是它的药用价值问题。心想：如果这些菊，也和一般菊花一样，富有散风清热、平肝明目的作用，它是一个取之不尽，用之不竭的药物宝库。

天色已晚，我们的车返回来停在小集市旁。看来今晚，我们非得在这里尝尝野营的夜生活了！

店主和几个帮手们，热情地给我们搭了帐篷，还问我们要吃些什么。

姚先生点了几样，我再加一盘芥菜。他们正好没有，还特地叫人到菜摊买来呢！

坐在露天野餐，别有一番滋味。尤其这里的厨师手艺也不赖，每一盘菜都很可口，一进口都称道："好吃！"姚先生更是赞口不绝，高声喊道："哪位是厨师？"帮手们都指着后面："是她！"

我们的目光都集中到那点，只见一个胖大姐背向着我们，站在两个烧着干柴而烈火熊熊的炉中央，正在灵巧操作两个锅鼎的菜肴。姚先生半开玩笑地对她说："请把脸转过来让大家看看！"

可能她是山里人，有些害羞，只微笑地勉强转过半个头。姚先生又逗着说："再转过一点！"这下可逗得大家哈哈大笑，而惹得大姐猛低下头来，喜滋滋地笑着。

也许是平生第一次睡在野外帐篷里，辗转

反侧不能入睡；我干脆从帐篷里钻出来，想看看高山上的"野营"夜景。

远处传来了阵阵吉他声，伴随着田园歌曲。我朝着歌声的方向走去。大约在离我住的营帐不远的地方，有一团篝火，围着老少十几个人。篝火的干柴旁，挂着一串串的烤肉。也许是同路人，一见如"他乡遇故知"。他们豪爽地招手相邀，要我与他们同饮。坐在中间的那位长老还拿了一串烤肉，硬要我吃。

原来围坐着的十几个人，是一家子，中间那位"长老"是父亲。我笑道："这是难得的天伦之乐！"长老和蔼地望着自己的几个子孙说："我们这辈子有缘才能在一起，下辈子就难说了！"那个弹吉他的男孩说："爸，我们下辈子还是希望在一起的！"长老满意地点头，然后转头对我说："我们全家，每年至少出来远游一次。以前常到国外，今年经济不景气，便改游泰国了。"

由于我不会饮酒又不会唱田园歌曲，难以加入他们闹通宵的野外卡拉 OK，便起身告辞了。

走到刚才吃饭的茅棚里，又见到几个人围着一张木桌子吃饭。凑近一看，原来是刚才做菜的厨师与几位帮手。哦！还有店主。他们都笑嘻嘻地向我打招呼，热情请我坐下来一起吃饭。

饭，我是不想吃的，但"坐下来"却是我的心愿。我很想"坐下来"，向他们了解一下情况。

边吃饭边聊天，倒让我得知不少东西，比如弄清此山是坤嵩山脉的屏蔽，成熟的菊花种子被风一吹都集中落到此山中。开始山头还有一些树，8年前，为了辟为新的旅游点，便把树全砍了，还用人工撒下一些种子。这个新的旅游点，每年只有两个月花开期，才有游人到此。近年的游客渐多起来，同时也有些外国游客。又问此山的野菊能不能入药，他们的回答是，这里的菊花是苦的，有毒不能食。这种说法是符合张华在《博物志》所说的："菊有两种，苗花如一，惟味小异，苦者不中食。"但我想"不中食"并不等于不能入药。《本草纲目》有言："野菊，释名苦薏。""菊甘而薏苦"，"有小毒"，主治"调中止泻，破血，妇女腹内宿血宜之"。

我又问及此山的居民有多少民族，他们没有直接回答，只是互相指着，说他是佬族人，她是大泰族人，他是央人，她是甲良人，他是苗人。被指到的人，都腼腆一笑。我一算，在坐的 7 人当中，有 5 种民族的人，便道："还有没有其他种民族的人？"店主此时才笑嘻嘻地自我介绍："我是华裔。"他的妻子也微笑说："我是泰人。"

真没想到，这么巧，7 个人，有 7 个民族的血统，但他们能和睦相处，共在一个小店里工作，真是了不起！我翘起大拇指表示赞赏！

此时，店主小声盘问在坐的那位苗人说："这里是不是还有摩些人呢？"那位脸色黝黑的汉子笑咪咪地点头："有，还有里梭人。"哦！摩些人与里梭人，我还是第一次听到，便问："不知他们长得怎样？""你想见吗？明天一早便有两位摩些小姑娘，带着她们山里的小工艺品来摆卖。这对小姑娘还长得挺漂亮呢！"那汉子笑道。

"不知她们讲什么话？"

"她们会讲中国话！"

店主问我："你会讲中国话吗？"我点头，他便很高兴地说："明天一早，你用中国话和她俩谈谈，一定会很投机。"并转头对那汉子说："明天由你介绍他们认识。"

我倒很高兴，想明天一早能与这对姐妹谈话，看看她们的中国话说得怎样。

但天还没亮，姚先生便把我们唤醒，说要趁早赶路，回到曼谷才不会太晚。

我坐在车上，不知怎的，心里老想着那对姐妹，甚至还回过头来看看。车走远了，又回头一想，不见也罢，留在心头的美，也许比现实中的美更美！

说不定，留在心头的美，还会招引我再到乌柯山看风景呢！

选自曾心著《心追那钟声》，泰华文学出版社，1999年6月版。

琼花何处寻

泰国的炎夏，正是南京的暖春。飞机只飞了3个钟头40分钟，却换了一个季节。

4月22日，我到南京参加"第八届世界华文文学国际研讨会"，不仅听到世界各地有益的文声，而且到扬州、镇江、无锡、苏州等地旅游，大饱江南春色的眼福。

返泰时，我除带了研讨会上文友们的部分论文以及赠送的书籍外，还特地带回一朵夹在书页里的琼花。这朵琼花，虽已失去原真，成为变了色的标本，但由于在泰国的土地上不能生长此花，在960平方公里的中国土地上，也只有在扬州一带才有，所以，此标本不免给人一种"此地唯独有此花"的感觉了。

说起琼花，我还是第一次见到的。

那晚，在南京丁山宾馆举行欢送晚宴上，同桌有位当地领导干部边吃边与文友闲聊，无意中谈到了琼花。他脸上露出笑意说："我刚从扬州回来，见到那里的琼花即将开放，你们明天到扬州参观，恰好能见琼花盛开的美景。"这消息即刻引起大家的兴奋点转移，满桌热腾腾的菜肴似乎变成了冷盘。

"有句古诗'贪看江都第一春，龙舟无不为东巡'，写的就是传说中隋炀帝乘龙舟来扬州看琼花而亡国的故事。"这话又给琼花增添了浓郁的浪漫色彩。

琼花，究竟是什么花？来自海外的文友，几乎没有人见过。

第二天，到了扬州，下午我们沐浴着和煦的春光，兴致地游览"瘦西湖"。曲径桃花盛开，湖畔杨柳依依，园中春色葱茏，白云飘浮，小桥流水，亭台楼阁，美不胜收。在二十四桥的一处别具风格的亭阁中，在玻璃橱里，摆售一套"扬州文化史料选辑"丛书，其中有一本《历代诗词咏琼花》。我掏钱买了它。后来的文友相继要买，却没有了。我高兴地开玩笑说："这成孤本了！"博得一阵不同声调的笑声。

琼花诗词又一次引发我观赏琼花的兴趣。

我急问售货小姐："此处有琼花吗？"

小姐的眼睛一闪："琼花！这里的琼花最漂亮。哎！那边就有。"她指着背后隔湖的对岸说。

也许由于观花心切，我只道一声"谢谢"，忘了邀其他文友同行，便大步流星跨过一座拱桥，向小山丘走去。

此时，晴空飘来一抹乌云，突然下了几滴小雨。心想：找个地方躲雨吧！不料，眼前出现几丛灌木，枝干丛生，有的比人高，有的低近地面，叶绿花大，洁白可爱。哦，这莫非就是琼花！

是不是琼花？还是问一下游人吧！

正好有人走来，男的撑着雨伞，女的携着一个小男孩，紧紧地挨在一起。我趋前问："先生！请问那是琼花吗？""可能是罢！"他口气不很肯定地答。那女的轻轻捏着男的手："你见过琼花吗？"男的还来不及答，那小孩便紧拉着他的手："爸爸！爸爸！我要琼花！我要琼花！"

看他们三人的三副表情，我心里依然存疑。要想再问，却不见有人走来。心想："就姑且把它当琼花吧！"于是，我不顾点点的雨星，爬上丘坡，只见朵朵巴掌大的雪白奇葩，滚动着晶莹的水珠，散溢着袭人的香气，随风摇曳，好像欢乐地为我这个远方来的客人起舞。

我顾不及细看，生怕照相机受雨淋，只匆匆瞄准几朵挨聚在一起的花朵，"咔嚓"一声，照一张作为纪念。

但走了几步，心里又起了疑虑：刚才照的是不是琼花呢？如果不是，而拿去给人看，说是琼花，岂不是自欺欺人了吗？

我正在踌躇之时，喜见不远的拐弯处，有一间简陋而有古趣的望春楼，门旁挂着一小牌子，写着："请喝茶！"并标明每座的价格。里头摆着几张四方形的茶几，使人想起京剧《沙家浜》的阿庆嫂所开设的"春来茶馆"。

俗话说："近水知鱼性，近山知鸟音。"心想："只要进去喝杯茶，就能弄清琼花的真面目了。"

　　此时馆里没茶客，我的前脚刚踏进门槛，一位烹茶小姐便笑脸相迎，尤其看到我胸前挂着"第八届世界华文文学国际学术研讨会代表证"，更献殷勤，很快给我沏热茶，还有两位大姐围拢着我而坐，问我："从哪里来的？"问我："茶味如何？"我作了简单的回答，便问："那丘坡开的白花，是不是琼花？"她们都爽朗地答："是呀！那是琼花，是我们扬州市花！"

　　"为什么定为市花？有什么特别？"我笑问。

　　"琼花，只生长在扬州，其他地方没有。中外有不少国家领袖专程来我们这里看琼花。嗯！看琼花还要有缘，由于花期太短，有些专程而来，还看不到呢！"一位大姐忙答；另一位大姐又说："琼花开得很特别，不仅花大，雪白，而且围绕着中间的真珠蕊，四周围长出八朵五瓣白花，好像八仙女。"蹲在一边默默抽烟的一汉子，冷冷地说："古人有一句描写琼花的诗句'千点真珠擎素蕊，一环明玉破香葩'，写尽琼花的外形与美貌！"我很诧异地问："先生，你对琼花很有研究吧！"他摇摇头，依然抽他的烟。

这时，正好有三个文友走进茶馆来，其中汕头大学的翁奕波既是评论家也是诗人，他对琼花也很感兴趣，边呷热茶，边加入我们谈琼花的圈里。

谁知那位汉子又吐出诗来："四海无同类，唯扬一枝花。"诗人翁奕波也顺口溜出："三月寻花来，相聚望春楼。"我觉得颇有意思，提笔速记之。后来翁先生考虑与那汉子的诗不押韵，又改为"三月踏芳尽，话花又品茶。"

三位文友，喝完茶，只丢下两句诗和一串笑谈声，便匆匆又赶路去。我也怕赶不上"队伍"，拔腿要走。谁知此时那位给我沏茶的小姐到后院摘来一朵鲜活活的琼花，拿到我跟前，莞尔一笑并带几许幽默说："你看，这像不像八仙女散花？"我忍不住一笑，并点了点头说："既像八仙女散花．也像八仙女跳《青春圆舞曲》呢！"惹得大姐小姐们笑得露出洁白的牙齿来。唯有坐着抽烟那汉子不笑．望着雪白的"八仙"又冷冷吐出一句古诗："疑是八仙乘皓月。"我不禁大惊："他真是有一肚子古诗词，也许是个落魄的大诗人。"于是．我便向他交换名片，他接过我的名片，嘴角露出一丝尴尬的微笑说："对不起！先生！我身上没带名片。"

临走时，茶馆的小姐要把那朵摘来的琼花送给我。我却有些迟疑，心想："琼花是省级保护之名贵花木，随意摘花，如被发现，将会惹麻烦的。"那位小姐好像猜透我的心事说："不用怕，如有人查问，你就说望春楼的人送的！"我接过赠送的琼花急问："小姐，贵姓？""我姓胡。""哦！胡小姐，谢谢！"

大家相顾而笑，我对着手上那枝几片绿叶托着八朵五瓣的琼花，喜不自禁地边走边笑。

一路上，心中像开了一朵洁白的琼花。看人人笑，看湖水绿，看花艳丽……

不觉来到一小庭院前，偶然见到先走的那三位文友，分别站在一棵垂着串串白色的花葩前照相。中山大学张教授见到我赶来，笑着大声说："曾心，刚才见的不是琼花，这才是真琼花！"我不禁一愣："难道我受骗上当了吗？"

但由于赶路时间紧迫，不允许我细观察，只匆匆站在花前照张照片，以作"存档"。但心里一闪念："不在此地问清楚，将永远不知琼花是何物了！"于是我急问张教授："你为什么知道这是琼花？"他指着院前一座牌子说："内有琼花展。"不错，明明牌上写着。我还是打破砂锅问到底，跑进院里问一售工艺品小姐，得答："小庭院前那棵是白藤花，琼花展在后院呢！"我笑着对张教授说："这下不是我受骗上当，而是你受骗上当了。"说得两人相对嘻嘻地傻笑。

队伍约定下午四点半在北门集合，由于我寻琼花、观琼花、"考"琼花，花了许多时间，赶到集合地点，文友们都坐在车上等了。可能我是最后一个"迟到兵"，我虽然有点不好意思，但自喜身上带来一件好东西——琼花。我把这朵琼花在车上一"亮相"，立刻成为"抢眼"点。在座的文友都争着看，叽叽喳喳，看花评花，赞语不绝，引起一阵让人振奋的小骚动。

我沾沾自喜：手中又有"孤本"了。心想我可以把它写成一篇文章了。

不料，有个女文友把花凑近鼻尖一闻，咦了一声："怎么没有香味？"

我不信，怎么说没有香味，刚才我在丘坡摄影花时，还闻到袭人的香气呢！于是，我讨回琼花一闻："啊！真的没有香味！"

汽车开动了，我的思绪也随着车轮旋转着：琼花附着母体时，能发出袭人的馨香，一旦离开母体，便顿时失去它的芬芳。这也许正是琼花富有那种"花落还归天上去"的仙化般神韵，从而获得"天下无双"的冰清玉洁的坚贞情操与形象。

第二天，我们到了镇江参观"北固山"。在返回石径上，张教授突然从前面转回头来对我说："昨天我们在扬州所见的琼花，不是正宗的，而是变种的。"我一时懵住了，惊问："谁说的？"他指着前头的导游员。我不禁一怔：今天的导游员倒是市作协主席王川先生特意请来的高级建筑师、市园林设计室主任王先生，他的话一定可信。于是，我赶前去请教。他不愧是个学者，讲话都有凭有据，说：现在扬州的琼花是聚八仙，与琼花有亲缘关系。正宗的琼花，原来只有一棵，长在后土祠前，欧阳修曾在那里筑"无双亭"，以观此花，现在此琼花已绝种了。

我一时陷入茫然，心想："我苦苦寻求到的倒是一种变了种的琼花，如写成文章，有什么意思！"在旁的诗人翁奕波却高兴地拍着我的肩膀说："好呀！到此你的文章可写成了！题目就叫作《琼花何处寻》。"

经"明师"一点，我突然猛悟：琼，玉之美者。古诗词所写的"琼楼玉宇"都是指天上的月中宫阙。人间也许从来就没有此花，它是属于天上的花。

有诗云："琼花玉树属仙家，未识人间有此花。"

选自《名作欣赏》2000 年第 5 期。获扬州"瘦西湖杯"全国散文诗歌大奖赛三等奖。

百胜滩记险

　　到千岛之国——菲律宾参加第四届亚细安华文文艺营的第二天，即 7 月 18 日，大会安排来自新加坡、马来西亚、泰国、印尼、文莱代表团员，游览名传遐迩的百胜滩。

　　百胜滩离马尼拉市约 100 公里，旅游车行程近两小时。

　　到达河滩码头，我们都脱掉鞋袜，穿上塑料拖鞋，照相机与钱包都用塑料袋包密，以防被水浸湿。为了预防万一翻船的危险，我们还租了救生衣穿在身上，好威风！大家目光炯炯，顾盼自豪，都不期而然地一笑："有点武士道精神。"

　　我们每两人乘坐一小舟。舟子两头尖，中间粗，恰似一枚大梭子，人坐在中间，双脚只能平直伸展，成了 L 形。要是稍微坐偏姿势，舟身就会摇晃起来，向一边倾斜，似觉有点要翻舟的险势！

"前站"的水路，并无险滩，似一泓静湖，几只小舟结成一串，由"摩突"小汽艇逍遥地拖曳着，在平滑如镜的水面上徐徐前进。

两岸皆椰林。这里的椰子树似乎比泰国的瘦且高，甚至可以生长在高山峻岭上。我惊奇远望着茫茫云海里若隐若现的串串小而黄的椰子，不禁想起我小时家里养猴子摘椰子的趣事。

当我把视线从椰子林移到水面时，原来结串成行的木舟，已脱离小汽艇，各只独自划行了。继之扑面而来的是暗礁乍现，滩窄水急，两边崖岩耸立，峭壁连片。望天，且不圆，只像一条长长的蚯蚓似的"一"字形。在急流处，尽管两位舟夫拼命地划，小舟依然有倒行之势！忽而舟夫一蹬脚力，离开舟身，一个斜飞的身姿，双脚熟练地蹬在露出水面尖而滑的礁石上，而双手紧紧撑着舟沿，拼着吃奶力，跌跌撞撞推着缓行。

在险阻多石中，小舟到达"中站"，便见左

边的峭壁上，飘下一条闪闪的白布带，沿着褐色的石壁，直泻山下。小舟徐徐靠近，一层水雾飘拂而来，再近之，一阵"瀑布"风似的把小舟刮得荡漾起来。坐在前头的陈小民先生像发现新大陆似的惊叫起来："奇怪！瀑布怎么会有风呢？"我望着瀑布急落处，产生呼呼作响的小风，自作聪明地解释："也许瀑布流动产生动力，而动力又产生风吧！"

不久，木舟停歇在浅滩上，我们尚未上岸，当地山里的几个黑黝黝的妇女，便手提着一枝枝的烤鸡腿及汽水叫卖，观其色，近乎非要我们买成不可。陈先生买了两块烤鸡腿及两瓶汽水送给两个舟夫。他们高兴地点头道谢！我们蛮以为他们会把鸡腿送进自己的嘴巴香喷喷地咬起来，却见他们走到草寮后的烤鸡处，把鸡腿换成钱放进腰包里，自己的圆嘴只对着水瓶口咕噜噜地喝起来。

喝完水，他们来了劲似的，把水瓶一丢，挥着手，示意我们马上上舟。

木舟继续在礁石与急流之间逆行。忽儿，

地势蓦变，河中明礁暗岩，盘龙伏虎，旋涡相套，险浪相逐，舟身摇荡。不好了！我们的屁股浸到水了。我想曲腿蹲着，升高屁股的位置。不料舟夫高声吆喝："不能动，小心翻船！"我不得不乖乖地把双腿平展伸出去，任凭屁股"吃"着水。我皱着眉看看上空，那儿露出狭窄的一线天空，乌云滚滚飘动，耳边又好像听到远处沙啦沙啦的风雨声，心想：这下子可糟了，不仅屁股湿透，而且将被淋成落汤鸡了。

一路上，天时刻要下大雨，舟又时刻"欲沉"。我整个心胸笼罩着"惊险"两字。

前头又遇到几处礁石密布，挡住急流的水路。当地人在累累礁石之间，架起成排的圆铁管。舟夫半身浸在水中，用肩膀顶起舟身，伏在圆管上，吃力地推着滑行，真像旧时代的纤夫那样几步一个"摔跌"。

经过一个钟头左右，终于相继抵达"终站"。

小舟停泊在石滩旁，越过一块大石岸，眼前便出现一幅甚为壮观的奇景：像天工神斧砍伐而成的悬崖，飞流直下一壁巨型的瀑布，似龙声虎威冲下深潭，发出轰轰巨响，云雾腾空，气吞山河。我脑里跳出李白《望庐山瀑布》的"飞流直下三千尺，疑是银河落九天"的诗句。

更惊奇的是，在深潭旁边停着特制的"竹排"，载着游客，攀援着绳索，往瀑布下"一淋"，淋者有如"洗礼"般的淋漓痛快！

我平生好静，近乎缺点"野性"，对这种浪漫的"一淋"，总是犹豫不决。后来还是在同行者的"勇为"感召下，胆怯怯地跟着走下"竹排"，去进行人生富有"野性"之"一搏"。

"竹排"渐渐靠近瀑布"淋处"。一股股强劲的山风伴着浓烈的水雾，刮得几乎人人难于坐得稳。我遮在头上的塑料薄膜被掀掉了。刹那间，"哎哟哟"的喊声乱成一片。我睁不开眼睛，顿时似有深到海底的窒息感。在挣扎中，竹排瞬间进到山洞里去。我们还来不及看清洞里的奇观，船夫又攀着绳子把"竹排"拖出洞口，又是铺天盖地的"一淋"，又是一阵"哎哟哟"的喊声。经过这样一进一出的"雨淋",个个变成落汤鸡。坐在"竹排"上的七八个人,相视而笑。我自己一时也说不清,那是欢笑,还是苦笑。

我望着自己一身淋湿,既感到人生有此一"搏"的痛快,又有怕淋出一场大病来的忧虑!

幸好天还作美,在我们回返路上,出了太阳,把我们的湿衣湿裤全部"晒"干了。

人生难得一游百胜滩,本想写几首诗留作纪念,但不知怎么的,也许因为一路惊险万状,把诗的灵感全"吓"跑了,结果连一首小诗也写不出来。

在归程路上,老羊先生向我透露一个"秘密",说团长胡惠南先生写了一首好诗。我高兴地向团长索取,只见他陶情适性,挥动如椽的大笔:"百胜险滩世间稀,急流小舟礁石奇;惊魂未定峰回转,飞泉千丈天上流。"我们同声叫"好",但他却腼腆地说:"勉强凑了四句,最后一句还不押韵,请大家修改!"老羊先生思考片刻,提笔在"天上流"旁边写上"千篇诗"。

"好"！这是最先的第一改，而第二、第三改呢？敬请诸位高手也来试笔吧！

选自曾心著《大自然的儿子》，云南民族出版社，1995 年 12 月版。

心追那钟声

年轻时，总是多些幻想与执着，读了李白的《早发白帝城》，就很想去身临"两岸猿声啼不住，轻舟已过万重山"的境界；读了张继的《枫桥夜泊》，又很想去领略"姑苏城外寒山寺，夜半钟声到客船"的情景……

但心追的东西，往往会在岁月流逝中成为梦幻泡影。也有少数，或许由于有"缘"，偶尔有一天实现了。

一

去年暮春，我观看了苏州的拙政园，在山顶一座小楼里的一间工艺品小店中，见到一口雕刻精致的石钟。

一问是寒山寺古钟的仿制品，我高兴地买

了下来。

奇怪，看着这口钟，大家的念头立即有所转移，认为该到寒山寺走一趟。

当我们举手叫"的士"时，司机却皱着眉头说："寒山寺很远，现在已是下午三点，如遇上堵车，恐怕到那里，寺门已关了！"

但是我想："即使是关门了，在外面听听那钟声也好！"

也许"天助我也"！一路上，不塞车，到达那里，大门还开着。

寒山寺是在郊外，即在阊门西十里。游人没有像拙政园、狮子林那么多，多数是那些访古寻幽而上了年纪的人。心想，要是不因张继那首诗，我们是不会专程来到这里的。

到这里的旅客，几乎都是为了亲手敲响那能传出"十里远"的钟声，亲临品味那首唐诗的意境。因而，游人一到，都集中在钟楼的进口处，排队购票，以便上楼敲钟。

二楼悬着那口大钟，近乎占据所有的空间，只有四周墙角，可各容站一人。

我在泰国或在中国，见过许多古钟，几乎都大同小异，无法说出它的不同点。可是在这里，我却发现两个不同：一是吊钟底口，有一尊颇大的盘腿打坐的金佛，金佛的上半身给罩在大钟口，只有蹲下身子来，才能窥到金佛的全貌。如果大钟放下来，正好把整尊金佛覆盖住。二是横亘在人们面前的，除了那口古钟外，靠近楼梯入口处，还悬吊一段粗木棍——没有经过加工的原木头，两端螺栓着两条平衡的钢丝线，连接在顶梁上，似在空中前后摆动的小秋千。哦！这分明不是举槌击钟，而是推木撞钟！宋米南宫有诗云："龟山高耸接云楼，撞月钟声吼铁中。"

轮到我撞钟了。我站妥了姿势，用右手紧握一端用力推，另一端便撞着那口钟，一撞便"咚"的一响，也许钟很重，任你用力撞击着，钟总是岿然不动。由于撞击的人多了，粗棍的顶头已被撞得开了白"木花"，连沿边镂刻阴阳图案的红色浮雕也被撞得有点斑驳"损伤"的痕迹了。

究竟要撞几下呢？

佛家有一种说法：人生共有 108 种烦恼，敲 108 下，可以消忧解愁。但我不能，等着敲钟的人还排成长龙阵呢！我只猛力推了三下，撞得"咚咚咚"响三声。这三声，仿佛穿过时光的隧道，把我拉回到 1000 多年前《枫桥夜泊》诗中去。于是，我写下这样的诗句：

> 登楼击三声；
>
> 寥廓波荡，
>
> 天壁回响。
>
> 不知枫桥旁，
>
> 有谁闻钟声？
>
> 不知此三声，
>
> 能否与千年的钟声共振？

从钟楼下来，我们去鉴赏那座座石碑，碑文都镂刻历代书画家书写张继的那首名诗。我欣赏清代俞曲园与现代艺术大师刘海粟的书法，最后还买了刘先生的真迹拓片。

二

出了寒山寺，向右拐，有一条卖工艺品与丝绸一类土特产的小街，直通江边。右侧面有一条小河通往大江，不远的小河上．有一座很古典的拱桥，"弓"得像"弯弯的月亮"。在那弧形的桥壁中间有"枫桥"二字。

终于见到"枫桥"了，我可高兴啦！一时陶醉在此景此桥的风光里，我坐在依依的柳树旁，欣赏那半个甲子前就藏在心中的"桥"。那"桥"仿佛张着圆嘴，唱着歌儿，欢迎我这个远方心灵相通的老朋友。

桥形是弯弯的，但中间的空洞，倒是圆圆的。半个"圆"浮在碧粼粼的水面上，半个"圆"倒影在清清的水流中。远远望着这个圆圆的"洞"，在"洞"中的远处又摇来一只小船，那莫非是张继诗中的"客船"！那"客船"，在夕阳斜照下，也影影绰绰地出现两只小船：水上一只船，水底一只船，两只船形影不离，迎着习习的晚风，同时向我们"飘"来。我的心，似乎一下子跳出胸膛，落到"客船"里去了。

此时，耳边不仅听到寒山寺悠悠的钟声，而且还听到从商店传来《涛声依旧》的悦耳歌声："带走一盏渔火，让它温暖我的双眼，留下一段真情，让它停泊在枫桥边……"

三

返泰时，我带回寒山寺两件"古迹"：一口石钟，一张刘海粟书写的《枫桥夜泊》拓片。心想，我应该"知足"啦！那古钟、那古诗，我不仅亲临其景了，而且现在也"拥有"了！

不料，今年春节期间，我在一张报纸看到中国金建楷写的《除夕的钟声》，从寒山寺的钟声勾起一个故事：传说明嘉靖年间，一伙日本人在苏州听到寒山寺高僧夸耀该寺的钟声能传十里远，就在半夜爬到苏州北寺塔顶上去听，果然听到钟声。日本人想要得到古钟，威胁利诱和尚又不成，于是毒死和尚抢走古钟。康有为有七绝记其事："钟声已渡海洋东，冷寂寒山古寺风。"

这件事，又令我已"知足"的心"动"了起来，心中所追寻的那钟声又继续延伸下去……

然而，回头一想，又感到自己依然多些幻想与执着，甚至还渗着些傻气。那被窃去的钟，日本人岂敢让它出来"亮相"？即使"亮相"了，那么孤零零的一口"老态龙钟"的钟，没有寒山寺没有枫桥，它已失去原来的神韵，没有"夜半钟声到客船"的诗情画意了！寻找到了又有什么意思？

罢罢罢！我还是把心收回来！但不知怎么的，我的心还在继续追寻着，甚至隐隐约约地听到那被"禁锢"在东洋那口古钟，似幽幽地发出"思乡"的悲鸣……

获首届全球华文散文大赛优秀奖。选自中国世界华文学会编《相遇文化原乡》，花城出版社，2014年11月版。

观向日葵记

初冬的一天傍晚，五弟来电，邀我明日一早与他全家到洛武里府观葵花。

小时候在农村长大的我，在屋前屋后也常见到野生的葵花，但由于粗心，只知葵花金黄色，像个小太阳，至于它是否能"朝向东，夕向西"，却是毫无印象。因此，我在回电话时说："最好早去晚归，才能见到葵花是怎样随着太阳转的。"

第二天到达该府，虽然时间已是九点多了，但由于天上有浓密的云层，太阳还没有露脸，车窗外所见的葵花，毫无生气地随着习习清风不断地点头哈腰。我对坐在身旁刚从日本留学毕业回来的侄儿开玩笑："你看，那像不像日本妇女迎接宾客到来的体态？"他笑得两眼眯成一条缝："像，很像！"他妈妈也高兴地插了话："那好呀！葵花在欢迎我们啦！"

由于这里的葵花，都是农民自种的农作物。此时目力所及的，只是东一块、西一块，零零散散的葵花地。有的才含蕾，有的正绽放，有的已萎蔫。

哪里是观赏葵花的最佳景点呢？我们的轿车继续沿着公路奔驰……

不久，便见有许多汽车停在公路左旁的热闹点，我们的汽车也向那儿靠拢。

由于这里的葵花地比公路低几米，站在高处往下望，脚下就是一片无边无际的黄色的海洋。不知什么时候太阳也出来了，地上鼓满憧憬的葵花，像千万张无邪的圆圆的童子笑脸，一齐朝着东方初升的太阳，而太阳也没亏待这群嗷嗷待哺的孩子，给予生命之光的养液。

不知是童颜的热情迎迓，还是观者想吻着这些可爱的笑靥，个个都情不自禁"跳"入花的海洋。

这里的葵花比人还高，每株茎顶开着一朵

孤独而欢乐的黄花。我眼前所见的葵花，茎直杆长，上头高高地耸立着一个大花盘。细观之，这美丽的花盘，不是一色的，也不止一个花盘，而是盘中有盘——大中小圆盘；花中有花——大花里面，包含着成百上千朵小花。其色泽，乍一看，好像是"黄"一色，其实"黄"中还有异，外盘是金黄色，中盘是蛋黄色，里盘是腊黄色。色调均匀，仿佛是个晶莹剔透的晶体。

或许是片片舌瓣的招手，或许是点点花粉的芬芳，或许是滴滴雌蕊的甜蜜，每朵葵花都几乎有一两只小蜜蜂在飞舞。哦！这些小生命真可爱，不仅忙于采蜜，而且还忙于当自然界异花传粉的"红娘'呢！

当弟媳一家三口，站着与几朵欣欣向阳的葵花合影时，我却站在一处拨弄一朵葵花，作了一个"试验"的动作：葵花在空中随着太阳的移动。当我把那朵向东的葵花扳直朝向中天，又往后扳弯，朝向西边时，不料花盘下面的茎顶被扭断了。哟！那朵足有半斤重的葵花嗒然偃下头来，面朝地下了。

此景倒引起我思考一个问题：葵花在空中能随着太阳转动，究竟是太阳的引动，还是本身内在的自动？

弟媳是个大学教授，也许对葵花有所研究，我请教了她。她指着一朵葵花的盘下茎说："在这茎中有一种植物生长素。当太阳升起，这生长素就溜到背光的西边去，刺激那一面的细胞迅速繁殖，使背光面比向光面生长得快，于是整个花盘朝着太阳旋转。""夜间没太阳呢？""夜间没太阳，它会转回来，依然向东方。""它转向如何？是向右转还是向左转？还是向后仰转？"这一问倒被我问住了，她结结巴巴说："书本上没……说。"哦！看来她也没有实践经验，只有书本知识而已。

我建议留下来实地观察，准备写篇文章。可他们不太感兴趣，借口说这里没有一处凉亭可歇脚，也没有一棵大树可乘凉……

我想，要不也作罢！要等到太阳偏西，肚子也成问题了。

于是，我们到附近去参观一个水库，又共进午餐。

返回时，太阳有所偏西。弟媳与侄儿已有些倦意，坐在车位上打盹。可我两眼不时望着窗外，瞅着葵花转向的景观。开始我还不大相信自己的眼睛，转身问驾着方向盘的弟弟："你看外面的葵花，怎么是这样的转向呢？""怎样？"他反问我。"你看，现在太阳已偏西，而田里的葵花并不是都偏向西，而是有的偏南，有的偏北，有的依然向东，向西只是一部分呀！"

五弟边驾车，边向车窗外一瞥说："这种景象，我在美国摄影家杜肯的葵花写真集也已看到。"

这就奇了，葵花为什么不完全像民间所说的"朝东夕西"？难道这里的葵花也变了种？

不料这问题，却引起弟弟一家人的兴趣，弟媳与侄儿也刹时精神起来。

弟媳说："葵花的故乡，不在泰国，而在拉丁美洲的墨西哥秘鲁山地，16世纪西班牙人把它带进欧洲，18世纪传入俄罗斯。"

侄儿插话说："俄罗斯还把它当国花呢！"

弟弟追问："不知什么时候，葵花'移民'到泰国？"

他用"移民"的字眼，倒叫我脑子开了窍："葵花是属于绿色的移民，也许因为水土不一样，导致它'向阳心'的混乱吧！"

弟媳点头，表示同意我的看法，但她还补充说："可能与遗传因子也有关。因为葵花本身既可自传花粉，也可以接受异花传粉。如自传花粉过多、过密，就会影响到'后代'，引起性变。"

侄儿是个电脑专家，对植物学没有什么研究，却慢条斯理地说了一句："可能向阳花也要赶上现代潮流，向多元化发展吧！"这话倒引起一阵笑声。

轿车继续奔驰着……

偶然出现了一片老化了的葵花园。我们把车停下，走入那灰暗色的丛中，不禁心生敬意：那熟透的葵花果实，沉甸甸地压得再抬不起头来，但茎杆却孤傲地挺直着，默然地朝向东方，仿佛是在等待最后一天的到来，让东方的太阳给自己生命的礼葬！

选自龙彼德著《曾心散文艺术》，留中大学出版社，2007 年 6 月版。

废墟的启示

泰国有个如中国圆明园的废墟，那就是离曼谷不到百公里的故都——大城。

我不止一次去那里了。记得第一次去时，翻阅了有关大城府的史料，得知湄南河、巴塞河、富里河、莲河环绕该府，是全国最大的产米区。大城王朝，历传34代，统治达417年，为泰国史上最久的一朝。1767年，缅军入侵，把城中所有的王宫、宫闱、佛寺、城门堡垒、人民住屋，完全烧毁，夷为平地。往后200多年来，只作了少数重点历史遗迹的修缮，大部分还是当年废墟的原貌，保存一种含有悲剧性的反面的美！

第一次的印象是深刻的。当时见到东一片断垣残塔，西一堆破砖碎瓦，以及零星而长满杂草的残塔，身心仿佛被置于一个沧桑而荒凉的废墟世界，不免有点"念天地之悠悠，独怆然而涕下"。

有人说："没有废墟就无所谓昨天，没有昨天就无所谓今天和明天。"因此我几次从废墟回来，总有一种逆向的历史追寻，很想从图片与模型见到昨日大城的繁荣的景象，但一直没此机遇。

今年十月初，我与几位文友，应大城强华学校的邀请，在参观该校即将落成的新教学大楼后，该校的几位校董还热情驱车带领我们参观"大城历史教育中心"。

据说，该中心落成不久，我们的几位文友也都属首次参观，自然既兴奋又新奇。一进大厅，便见一座故都大皇宫原貌的特大模型。我不禁一喜：哟！这就是我心中追寻的那废墟再现昨日的繁荣呢！

昨日的大皇宫，的确十分雄伟，富丽堂皇，俨如天宫一般。有以黄金为饰的宫殿，有为君主游乐的后宫，有为观赏鱼乐和观察星月的亭台楼阁，有豢养白象的寮厩，有训练武士射击枪剑的处所，有举行施僧大典与礼佛的寺庙，有天子王侯藏骨灰的大大小小的佛塔……

看了这故城的大皇宫，我油然想起唐代杜牧笔下的阿房宫："五步一楼，十步一阁；廊腰缦回，檐牙高啄；各抱地势，勾心斗角。盘盘焉，囷囷焉，蜂房水涡，矗不知其几千万落"的情景！

站在我身旁的一位文友感叹说："这样美丽的大皇宫，如不被烧毁，留到今天，那该多好呀！"这话说出泰国子孙后代的美好心声。但历史是不会完全顺乎天而应乎人的，不该发生的事也发生了。残酷的战争终于使美丽的大皇宫成为一片废墟。

这当然首先要诅咒当年缅军的侵略者惨无人道地把这座美丽的城付之一炬，但还应当诅咒当年当权者的骄奢荒淫。杜牧在《阿房宫赋》写道："秦爱纷奢""取之尽锱铢，用之如泥沙"。故此，"楚人一炬，可怜焦土"。这正是值得人们哀之而鉴之的！如果说："废墟是进化的长链"，那么，我想"长链"的一端是素可泰王朝，另一端是吞武里王朝。据史书记载：当年郑信指挥舰队沿湄南河向大城进攻，经过一番激战，收复了沦陷半年的国都。郑信鉴于大城的宫殿、寺庙和城垣已成一片废墟，重建不易，而且交通和防守都不利，便于 1768 年，在湄南河畔的吞武里府建立了吞武里王朝。

陪同我们参观的一位校董指着大皇宫的模型说：现在仅存的只有两处，一是三宝佛庙，一是三座佛塔。

对于三宝佛庙，我每到大城，总要进去礼拜。这建于 1324 年的佛庙最惹眼的地方，不仅门楣上悬挂着"三宝佛庙"的四个中文大字，两个大灯笼写着"合众平安"，而且门两旁是两副中文对联："七度使邻邦有明盛纪传异域；三保驾慈航万国衣冠拜古都""三宝灵应风调雨顺，佛公显赫国泰民安"。进入庙内，便见一尊身高 37 米的金色佛像身披黄色袈裟，坐在正中央。

也许当年三保太监——郑和"灵应"与"显赫"，使缅军的巨火燃不着，烧不掉，而今仍然完美无缺，巍峨壮观！故此，该庙应是佛国的宝中宝！

至于三座佛塔（越拍是讪碧佛寺），18年前，我就去凭吊过这一历史的遗迹。只见在荒草丛生的原野上，有三座用红砖砌成的尖塔，排成一字形，寂寞地站在灰蓝色的天空下。其塔身经历了烛天的巨火与岁月的剥蚀，已是伤痕累累。它的塔顶虽然还尖尖地指向天空，但却显得那样的绝望，仿佛在唱着一曲颤抖旋律的哀歌！

我们从"大城历史教育中心"转了一圈出来，便急忙到府城之西的越猜越搭那兰佛寺。这佛寺是7年前才修缮而成的，游人不少。放眼一看，十分壮观，中间有一座锥形的红砖古塔，塔中有一条梯阶直达塔腰，四周也有十几座红砖尖塔。整座塔群的建构，给人有些像吴哥窟的感觉，既古朴又庄严，散发出玄奥而久远的历史的底蕴。

这时太阳已西下，远天出现半天乌云，忽然刮起一阵风，也不知道从哪里飘来一些落叶，眼看快要下大雨了！

我心里有些焦急，问同来的人要进去吗？他们表示如我要进去，他们可在外面等。我也来不及犹豫，急忙邀了林牧，便买了门票。周围的树木苍翠，花卉吐艳，草坪翠绿，都顾不及观赏了，只直奔那塔群。塔群的围墙，裂痕斑斑，似当年被焚烧痕迹的历史凝固。进了围墙，往四周一看，倒叫我大吃一惊：在塔与塔之间，有那么多用水泥"铸"成的人一般高大的坐佛，至少有上百尊以上。尊尊都似被打毁一般，周身是"伤"。有的断臂，有的残身，有的缺脚，几乎没有一尊有头。看来，这不仅是当年侵略者的焚毁，而且还有内贼窃去偷卖给古董商的。

呜呼！一个建于1630年的"国宝"，竟成为如此的废墟，我不禁怅然向天叹息！

我用照相机摄下这尊尊的佛，外形虽残缺不全，但在我心中还是完完整整的。因为佛是"不生不灭，不垢不净，不增不减"的。

我拖着沉重的步伐，从塔群走出来，正

好迎面奔来上百名学生。许是学校组织他们来"凭吊"，或是来重温这一页蒙受奇耻大辱的历史？！

在归途中，下了一场大雨，路面积满了水。我脑海似乎也堆积着"废墟"，仿佛旋风般在转着，转着……

汽车到达曼谷，正是万家灯火。顿然，我似有所悟：没有昨天大城的废墟，哪有今日曼谷的繁荣！

选自龙彼德著《曾心散文艺术》，留中大学出版社，2007年6月版。

石宫沉思录

　　我两次到呵叻披迈石宫遗址，很想写篇东西，但一考虑到在泰国境内，还有400多处有迹可寻的石宫遗址，又对披迈石宫，手头缺少一些历史资料，因此，至今没有留下一点文字。

　　今年7月初，正值泰国雨季，我与作协几位文友应黄作淦先生之邀请，前往呵叻，又参观了披迈石宫，还到邻府武里喃参观了拍依仑石宫。

　　也许第一次见到的东西，在脑子里引起兴奋点更强烈。虽然拍依仑石宫比披迈石宫晚建，规模也较小，但它是建在海拔300多米的高山上，显得比其他石宫，更富有一条长长的神秘而深沉的历史河流可寻。

　　一路上大雨滂沱，我们都担心这次将会兴

致而来，扫兴而归了。谁知专车来到拍依仑石宫下，突然，浓云密布的天空，转成灰蒙蒙的一片，只落下如烟似雾的细雨。我们跳下车，撑着雨伞，高兴得像踩上了飘飘的浮云，沿着一级一级的石阶上登啦！

由于刚下过大雨，脚下的石阶有的还有水眼，我们还得走一步，看一步，生怕滑倒。

登上一座小山丘，我把视线从脚下移开，往前望去。啊！眼帘，展现一点，在周围绿色的森林里，在忽明忽暗云雾锁住的对面山岗上，隐现一座古老的红褐色石宫，中间主殿的圆塔，像一顶大大的高帽戴在山峰上，周围的次座，皆是残垣断壁，形似沧桑而荒凉。

通往这座闻名于世的石宫殿，只有一条步行的石阶道。由于构建特别，登十几步阶又接着一段平展处，如此由低渐渐铺高，形成一条梯田式的石路，一层衔接一层，看来阶数不多梯阶不陡，但走起路来也得费些力气与脚力。

站在小山丘的我们，要往石宫走，又得先下坡，再往前山爬。下到一段平展处，两旁立有像人一般高的两排石柱，好像古代士兵站着立正的姿势。

引人注目的，是在每块梯田似的两边的石栏上，有两条长长的石蛇神，泰语叫做"那伽"。记得在披迈石宫的"蛇神"是 7 个头。而在这里我细数几次，大凡在所见的"蛇神"中都是 5 个头的。至于 5 个头与 7 个头有何区别，那是考古学家之事了。

元代周达观在《真腊风土记》中，描叙柬埔寨"吴哥窟"有关"蛇神"云："桥之阑皆石为之，凿为蛇形，蛇营九头。"有人去吴哥窟回来，又说只有"7 个头"。至于"蛇神"为什么成为所有石宫前卫的图腾呢？也许正如周达观所说的"乃一国之土地主也"。

在石宫主殿正前方，有 4 个正方形的石水池，记得在披迈石宫也有 4 个类似的水池，故此石水池近乎成了石宫蓝图不可缺少的布局。究竟石水池有什么象征性的作用呢？有人说："也许，吉篾人对沐浴特别有兴趣，很懂得对水的享受。"有人说："这些池塘代表印度的圣河，所积存的雨水供居民食用。"也有人说："每年在这里举行宗教仪式时，教徒们从古城的 4 个池塘取来圣水，洒在宫内的神像上。"这 3 种说法，都可能有些历史资料根据。但我想，第三种说法更接近佛国民众的实情，有如现在那些善男信女手持点燃的烛香与莲花献到佛前，以表达虔诚的菩提心。

进入石宫里，敏感的人就会发觉，在这里除了天与地之外，就是一个石的世界，是一个距今四五百年前真腊国遗留下来的废墟的石的遗址的世界。

观石宫主座周围，既有残垣断壁，又有断残石柱，在残颓的废墟中长满青苔，长满杂草，长满一些不知名的小树。在如烟如雾的细雨中，其所见的"废墟群"更显得悲凉；一时心动的我，便产生一种为什么不着手修建的埋怨。但回头一想，又觉得让这些"废墟群"的初迹留着更好，让后人知道它的昨天。当然都是"废墟群"，也难以成为游客的景点，于是其主殿便于1988 年修葺完成。

如今我们见到的主殿是重新修缮的石宫，基本上保存原来的面貌，只见在原有的结构上换了一些新的石条与石块罢了！

石宫之奇，我看主要就奇在"石"上，这座主宫从最下面的基底，到最高的塔顶，都是块块的石头垒成的。下层的主石，有上万斤重，每条主石，都凿有几个深石孔，这是在别地方所没有的。据当地人说，石宫的石，从石质看，不是取之当地的山，而是从千里之外运来的。因此，为了扛抬方便，巨石中便有洞孔，这说法也许有理。

随着宫殿层层的垒高，雕镂着各种图腾的石块，由大逐渐小之。细观看，垒石之痕，既深且不平，断定没有用泥灰凝固，好像积木式层层垒起，到了最高层，只见一块肚圆腰细状如葫芦的石块，安稳地静立在尖顶上，静立在海拔300多米的最高点上。

此时见到此"景"的我，不知怎的，思绪好像飘入"玄境"。心想假如不是借助"神威"或"佛法"之类超现实的"伟力"，这样一块石葫芦，怎么四五百年来不被山风、飓风、暴风，甚至龙卷风刮倒、吹走、卷跑呢？

石宫殿内，既不飞檐点金，也无金碧辉煌，从正门进入，只见一个不太明亮的深且长的石洞，粗心的人，也许只觉得像走进一条深深的隧道，没有什么好看。不错，这殿内，有部分游客是看不到什么的，而有一部分游客却能看到它是一条历史艺术的长廊；在上上下下、左左右右的凿石壁画上，可以探溯历史，追寻神话，探索建筑与艺术文化……

在正殿进门的横额上，有块曾被西洋人偷走的石雕，是我观赏石雕主要镜头的焦距。在这块长方形的巨石上，主雕的画面是毗湿奴，又称那罗筵那，即印度婆罗门教三大神中的保护之神，侧卧在一条蛇神身上，右手肱曲托着桂冠，左手执着权杖，眼帘垂下，许是正在进入梦乡中。其神态栩栩如生，如凝固了一个古老神话的故事。

壁上的石雕，有的一块石一幅画，有的数块垒在一起，构成一幅画。多数是雕镂着些神像与佛像以及兽类的图腾，如猴、牛、象、马等，雕工精细，形象逼真，释放出吉篾人石雕技艺的玄秘与高超。

壁上的石雕太多了，我边看边走，不觉走出后门；眼前一片光亮，但满目又是一片废墟。于是我又往回走，从后门走进，抬眼直观，才发觉这条长达300多米的石道是笔直的。正门向东，后门朝西。据说，每年5月11日这一天，初升太阳的光线，能从正门直射到后门，使整条石廊充满阳光，有如进行一次"日光浴"的洗礼。有不少中外的摄影家，专程来摄这一年一次"日光浴"的短暂时刻的奇景。

我走到殿中，又从南门折转出来，偶然间见到殿门前站着一个与我一般高的石人，不禁一喜，这正是我想寻找的吉篾人。他鼻扁，嘴宽，唇厚，手脚粗大。这类族人，我觉得并不陌生，在泰国东北部农村就能见到似的。

石宫，包括拍依仑石宫，是吉篾族人建造起来的，显示了他们"一段"的历史风光。但随着真腊国的灭亡，石宫倒废，这个民族也似乎被埋藏在他们自己所建的石宫之下了!

从拍侬仑石宫下来,天空依然是半阴半晴,细雨似乎被风吹到另外的山头去了。我拿着没撑开的雨伞,低着头拾阶而下。

也许由于"低头"而引起"沉思"吧!我又在思索脚下这块曾是真腊国的故土:作为一个国家与另一个国家互相争夺,互相残杀,有兴有衰,甚至消亡灭国;但作为一个国家的民族,虽会受自己国家的盛衰影响,但不太可能随着自己国家的灭亡而灭族。当年的真腊国灭亡了,石宫倒了,作为当年整个吉篾民族是不可能都被埋藏在自己所建的石宫之下的。但他们及其后裔到哪里去了呢?可能有一部分返回柬埔寨,有一部分便在当地一带"落地生根"。但却有个"疑点",他们的子孙后代怎寻不到自己的"祖宗"?许是当年的"祖宗",生怕自己的子孙后代承受"亡国奴"的痛苦,干脆把族谱通通废了。至于当年石工巧匠的高超技艺呢?许是误认为建石宫丧志而亡国,在悲痛欲绝之下,把石宫蓝图也废了,并矢志此"艺技"从此"断子绝孙"。故此，在历史上，在地球上再见不到如拍侬仑、披迈、低城之类的石宫重建了。

哎！沉思是痛苦的。尤其是历史的沉思，许多"存案"是难以弄清楚的，还是让考古学家与历史学家去做专题研究好了。

我一步一步地走下来，踏着四五百年前遗留下来的石阶，既湿又滑，我还得小心走自己的路！

选自曾心著《心追那钟声》，泰华文学出版社，1999年6月版。

护城河的桨声

这是一沟绝望的死水，清风吹不起半点漪沦。

——（中国）闻一多《死水》

曼谷五马路，那条靠近皇家田的护城河——空洛河，近半个世纪来，已成为一沟"清风吹不起半点漪沦"的"死水"。但在今年神奇泰国的旅游年的伊始中，它从绝望的"死"中复活啦！

元月四日下午，我在泰华作协与几位文友驾车来到皇家田。昔日一片碧绿草地的广场，却变成一个人声鼎沸的大商场——汇集了七十几府的民间工艺与民族风俗的现场表演，还展销各类商品。

由于往观者骈肩累踵，同去的文友，有的折回，有的被"冲"散了。只有我与吴佟先生，手拉着手，顺着人流走着，看着，议论着。

吴佟说："据报纸说，不久前，'叻达那哥信'岛的一条内河新挖通了，还可坐船旅游呢。"

我一听很感兴趣，说："该去看看！"

但不知在哪里，只记得前头不远的五马路桥头旁，有一间"叻达哥信大酒店"。心想，可能就在那附近吧！那里有一条空洛护城河。

于是，我与吴佟挤出人群，穿过马路，往那个方向走去。不出所料，那空洛河畔出现一片攒动的人群，像个热闹的集市。在流动人群中，却出现一条弯曲而"不动"的长龙阵。望着这条似乎"不动"的长长的"人龙"，有男有女，有老有少，个个喜气洋洋。用"眼"一数，哟！不止300人。

我们沿着"龙尾"去寻找"龙头"。只见队伍止于河畔的一座小亭间。靠亭有两个上下船的临时"码头"。上下船的旅客，有人在旁牵扶着，以防不小心跌到水里去。

看河面的船倒不少，一去一返，没有间断。这里的船，说得准确一点，应叫："三板"，其长约6尺，宽约3尺，无篷，两头尖，中间粗，如一把梭子，可容5至8人。

听挂在树上的扩音器播出来的声音说："为了安全起见，划船人都是从海军中挑选出来的高手。"

的确不错，看着那一个个头上扎着面巾，穿着民族服装而端坐在一头一尾的划船手，既魁梧又标致。

哪个不神往新奇？我的心早已先跳到"三板"中去了。看看吴佟的神情，似乎也告诉我：不要错过此机会，该坐一坐船，领略一下曼谷水上交通的古典传统的情韵吧！

于是，我急急忙忙走到票房，见那售票处，只开着两个半圆的"洞"。每张20铢。我把钱递进去，售票员微笑地递给我两张票与两本小册子。一看，喜上眉梢。这本印有泰英文的小册子，实际上就是护城河的心灵导游员。

靠近皇家田这边的河岸，停泊着几只小木船，有锅，有鼎，有炉，有灶。他们正在船上忙着为岸上食客调煮各种小食，如粿条、面条……有干有湿，有大有小，有黄有绿。岸上的食客，都就地坐在路边的草席上，三五人自动围成一"席"，吃得眉开眼笑，吃得津津有味。

也许是我的心理作用，觉得今天的食客与昔日的食客有所不同。从他们的脸色和举止中似乎可以悟到一种新的觉醒。

由于我已有几十年没有蹲在马路边吃东西了，偶然看到此景，与其说是肚子饿，不如说是想品尝昔日路边小食的滋味，便与吴老寻找位子，相对蹲着而食了。

我若有所思地说："在这里，可看到过去人民的艰苦朴素生活的面貌！"吴佟还意味深长地补充道："还可见到泰国人民有同舟共济、节约开支、共度经济危机的信心与力量！"

轮到我们坐船时，已是天色渐黑，万物将在朦胧中隐去。骤然，挂在河畔的波罗蜜树与菩提树上的彩灯闪亮起来，出现在我眼帘，恍惚是两个布满繁星的天。唷！水上那个更迷人呢！有树、灯、船、人、桥、星星等的倒影。

我们坐的船，共有 8 人，6 位是女的，只有我们两位是男的。我心中不觉又笑起来："又是阴盛阳衰！"那几位女的都比我们年轻，但可能从来没有坐过这样的"三板"。脚才跨到船沿，船一动，就哇的叫起来。待到她们坐稳后，我与吴佟才上船，盘腿并坐在最后一排。

船上的人一静，便听到清脆的桨声。这桨声，像在水面荡起五线谱，随着尖尖的船头犁出两条水纹，欢乐地向大地传播神奇的信息："护城河又开通啦！"

一阵阵的晚风吹来，感到身心皆爽。吴老春风满面地说："水清风爽，悠然自在，是一种享受！"我也笑道："从这种悠然自在中，可看出过去的人，生活是慢节奏的！"

船在天上行，一切倒影在水中走。

此时，不知从天上，还是从水上飘来轻柔而飘渺的古典音乐。我的心被带到一条既原初又古典的历史长河里去。

空洛河开凿于227年前的吞府朝代，当时为了防御敌人的进攻，由北空哒叻附近的湄南河，通至旧王宫前（今为宾浩桥脚下）；到叻达那哥信朝代，又开凿了曼谷新的护城河，而空洛河变成旧的护城河了。昔日的护城河是曼谷人民，尤其是护城河一带的人民，交换与买卖商品，如米、柴、煤、布以及蔬菜等等的交通水道……

不知谁的身子移动，船摇晃几下，又有人哇哇地叫起来。我的思绪从历史的护城河拉回到现实之河来。眼前的河，虽不像过去那样是养育人民生命之河，但它将被保护成为一条有历史价值的河。

面对着这条今日开始焕发青春的护城河，我只有感动，只有激动！像流动的河水，涌动着我的心胸，涌动着我的生命！

我们坐的"三板"，行程只有400米。穿过两座矮矮的拱桥，到那明亮水灯闪烁之处，绕着半个圆，转回来了。我坐在最后一排，便稍转身赞许那位船手："你划船的功夫真好！"他微笑着：

"我小时候，就会划船，后来当了海军，已20年没划了。"

"当海军，没划船吗？"

"没有！"

"会游泳吗？"

"会！"于是，他向我们讲了这次在海军中，挑选划船手，他报名参加了。

船靠了岸，我合十向船手告辞。

奇怪！此时河岸两边，人山人海，比我们下船时还更热闹。原来接下去的"节目"是"船歌"表演。

"什么叫船歌？"

"可能是船夫曲吧！"吴佟答。

究竟是什么呢？我们痴痴地站在岸边，引颈远望。

来啦！在大约200米远的河面上，排成一字形的4只小船，船上男女各半，都穿着农民传统服装，多数是年轻小伙子与姑娘。

此时，广播器响起："船歌"是泰国民间歌

曲之一，在素攀武里、信武里，红统、大城一带流行。农民在农闲或在施放黄布季节，或在迦絺那衣奉献期，坐在船上"玩歌"。有男女领唱，有和声，有触景生情说些诙谐的玩笑。

带领先唱的是一名 86 岁的女领队老歌手。她唱的是一首《拜天地之歌》。高昂的歌声，伴着和谐与优美的和声，似时高时低的空中蹬音，袅袅地荡在天地之间。

接着是男声领唱，由男声和声；又是女声领唱，由女声和声，好像是《刘三姐》摆起山歌擂台"斗"歌似的，既"斗"得激烈，又"斗"得风趣！

尤其那个领唱的调皮胖小伙子，对着敢于与他对唱的那位年轻漂亮姑娘，时不时插上一些颇有挑逗性的情话与趣话，那姑娘也不示弱，"犹抱琵琶半遮面"，给予顺藤摸瓜的"回声"，惹得船上岸上的人们响起一阵爆豆般的笑声。

只顾唱歌、逗笑，那 4 只并排的小船，好像不动似的，只见高高举起的有节奏的船桨，却不见船向前移动。但细观察，它并不是不动，而是随着缓慢的水流滑着而来了。只有 200 米远的"航程"，却划了将近半个钟头的时间，比乌龟爬还慢呀！

船歌表演结束了，观看的人也渐渐散去。但那些想坐游船的人，又主动排起长龙阵来了。

我兴味尚浓，吴佟先生告辞后，自己还流连忘返，痴痴地站在护城河畔，继续欣赏那不平凡而神奇之夜，聆听那此起彼落的桨声……

选自曾心著《心追那钟声》，泰华文学出版社，1999 年 6 月版。

登武当山极顶

喜欢看中国武术片的人，几乎都懂得"北宗少林，南尊武当"。修炼气功的人，总巴望能得到"武当山炼性修真秘旨"。因此，武当山是人们神往的"仙山""圣地"。

今年刚撕下 5 月最后一张日历，我被邀出席在武汉举办的"新加坡华文作家作品国际研讨会"，会后组织登武当山，朝拜"道教敬奉的北方之神"——真武大帝。这也许在我这一辈子中，只有这一次了。

从"揽胜图"看，金殿拔空峭立在海拔 1600 多米的天柱峰绝顶上，周围峰林平均在 1000 米左右。峰峰俯身颔首朝向主峰，形成"七十二峰朝大顶"的壮观景象。这种天然的巧布，给人玄妙的感觉："道"是至高无上的神圣！

目前，登极顶，还没有缆车。听说，强壮的年轻人，往返一趟还须 5 个多钟头。对此，我也有些担心，但回头一想："人生难得几回搏，今日不搏何时搏？"此生难得到武当山，若不敢上极顶，未免给自己今后留一个遗憾！

但天有不测风云，第二天一早，却下起如烟似雾的细雨，给攀山登岭增多了一层困难。

吃完早餐，文友们都到门口大厅集中，一见面都互相询问："上不上金殿？"不想去的人说："风景诚可贵，生命价更高！"想去的人说："到武当不上金殿，等于不到武当！"甚至有人说："不到金殿非好汉！"此时，有位老教授慢悠悠说："我们到达武当，已是英雄了！"在旁的另一位老编审也给双方说了鼓励话："上者是行动英雄，不上者是理智英雄！"说得个个都眉开眼笑。

在风雨中，我们带上干粮出发了。

开始山路是斜坡往下走，一边依山，一边临谷。由于下雨，裹在雨衣里的我，双眼只盯着脚步踏着的石阶，而两旁的山川景色，几乎顾不得看。

到了榔梅祠，原来"一"字形的队伍已"断"成几节。属于前"节"的我们便驻步等后面的队伍，等到后面队伍跟上后，我们又迈步走了。奇怪，这时裹在雨衣里的我，忽闻脚步声骤增，声音嘈杂。原来在队伍中掺入了不知从哪里来的抬轿队。于是，有一个汉子紧跟着我的脚步："老板，累了，请坐轿子吧！"我回头一看，他后肩横着一条短杠，两端绑着两条平衡长杠，直伸到后面紧跟扛在肩上的短杠上，中间系着一个会摇动的空轿子，见不到后面那汉子的脸孔，只见到他的双脚在摇动的轿子后底下跟着走动。

"老板，坐轿子不贵，上下算 370 元就好了！"我没兴趣，继续走我的路。

"老板，前头路难走，有'百步梯'，还有石级 263 阶。"

"哦！这么难走！恐怕坐轿子会跌下来。"我顺嘴说着玩。

"怎么会呢？我扛了 20 年轿子，还没有一次跌倒过！"

"你多大岁数？"

"我今年36岁。16岁就扛轿子。"

"那你闭着眼睛也可走路了？"

"嘿，平路可以，险路还不行！"

我继续走路，他依然紧紧跟着。甚至可以说是"缠"着，价格不断自动减下来，从370元减到250元。我倒有些厌烦了，想打发他走，又想不出什么办法。

再走了几里路，他突然凄然伤感地说："老板，今天下雨，旅客不多，你不坐我的轿子，我一天便没有收入，家里的孩子还在等吃饭呢！"

不知怎么的，被他这么一说，我倒有点心软，也说出了心里话："我不能坐你的轿子，因为我要步行上山朝拜真武帝。如坐轿子，将失去我的诚心！"

我想，假如他继续"缠"着不放，准备给他一点小费，以作为他跟这么一大段路的"脚皮钱"。不料，当我伸手进裤袋掏荷包时，却听不到紧跟的脚步声了。回转头，只见那空荡的轿子已远离我几尺远了。

"心诚则达"，这是在我脑中隐藏得很深的一个意念。这个"意念"也许太偏重于"精神"的一面，而忽略了"物质"的一面。但我觉得在体力的许可下，攀登还是需要有一点精神的，才能发掘体力上的潜能！

到了"百步梯"，抬头一看，似一架垂直的天梯。古人有言："石磴壁立千丈，望之若车轮竖起于空中。牵挽铁索以升，不敢一步稍蹉。"我们一个跟着一个，一步一登力，一步一喘气。虽说百步梯，实际可能不止百步吧！我本想数一数，但数了几十步之后，精力似乎耗尽，只顾脚动，嘴却不动，鼻翼且不停翕动起来了。

上了百步梯，个个仿佛"登梯色变"了。我见龙教授站在一旁，像患了"喘症"，一呼一吸加剧，便开玩笑说："龙教授，现在就看你是龙还是虫的时候了。如上得去，就成龙；上不去，则成虫啦！"说得两人变喘息声为笑声。

龙教授终于还是一条龙，他走在我的前头

继续再攀登啦!

到此,我似乎产生了一种只许上而不许下的感觉与信心,双脚迈入古称为"神道"。它曲折起伏如长龙盘绕,那数千级石阶,连接一起,出没隐现在天柱峰腰的莽林之中。明代徐霞客写道:"径峰岖间,悬级直上。"本来走山路最忌直上直下,那样容易累。但奇怪,我在登这段"悬级直上"路,倒比前段轻松,心不跳,气不喘了。我把这个感觉向文友说了,有不少文友也说了有同样的感觉。这是什么原因?

有人说:"由于我们有一片诚心,真武帝在山上给我们发功助力啦!"这话虽属半开玩笑,倒给武当山增添一层玄幻莫测的色彩。

有人说:"人的体力也有个极限,过了极限,便能获得暂时的轻松,好像人饿过了时间,一时也不饿了一样!"这话倒给我增添了爬山"活"的新知识与新的体验。

由于下雨,一路上双眼瞪在双脚多过看周围环境。偶尔有人从山上下来,便问:"金殿要到了吗?"得答:"还有一段路!"继而得答:

"要到了！"淡淡的一个回答，可叫我全身振奋！抬头一看：呀！天柱峰就在眼前。由于云雾遮去我远望的视力，任凭怎么看，也见不到镶嵌在峰顶的金殿，只见山腰间的紫金城。

到了金碧辉煌的紫金城，又在太和宫稍停步。此时，我才第一次见到了道人。有男有女，男的多是留长胡子的老道人，女的多是眉眼俊俏的年轻人。男女道人几乎都是穿着黑色的长道袍。有少数坤道穿的是黄色与红色的长道袍，后脑勺偏上方挽着一个圆且高的发髻。我觉得有点诧异的是：在神前坛醮和诵经的，全是坤道，播送的道教音乐，也都是些女声。莫非当今的道人，女的也超过半边天？

在这十分险峻的皇城里，只要稍微用心观察，就能发现不少东西，是超越当时人类的智慧和能力的。比如怎么能把一口高 1.57 米，口径 1.43 米的钢钟，从地上吊上高达海拔 1000 多米的太和宫钟楼内？这一直是人们无法破译的"密码"，只好借助于神力与神化的传说了。《武当山志》有这样的记载："传说金殿建成以后没有钟，真武帝君到峨嵋吹口仙气，将其镇山之宝铜钟吹到这里，便落下来，故名'飞来钟'。"如此等等，总给抹上一层玄妙而神秘的色彩。

从太和宫出来又跨越一条依山的弯曲长廊，便见到曲来曲去倚岩而筑的石栏磴道，宛如九曲回肠的"九连磴"。这里临进峰顶，长满古松翠柏，尤其有几棵古老巴山松，树根系咬岩石，倾身悬在半空中，虬枝弯曲，苍劲古朴，刚毅挺拔，油然使我想起曾卓那首《悬岩边的树》的词句："它的弯曲的身体／留下了风的形状／它似乎即将倾跌进深谷里／却又像是要展翅飞翔……"

到了此时此地，我的雨衣也给风雨刮破了。外衣被雨淋，里衣被汗浸，可谓里湿外湿，简直成了一个雨水与汗水混合体的"水人"了。

不知是真武帝发了功，还是自己平时炼了功，虽然已走了3个多钟头，但最后还有"冲刺"力，一口气攀了262级陡险的石阶，跃上峰顶，见到"武当之巅"的4个石刻大字。

哦！不少文友已先到达目的地，后来者也

一个个以不同"冲刺"的姿态上来了。

这说明，我们的文人不仅能爬格子，而且还能爬山，是有"山的性格"的顽强的跋涉者、勘探者！殊不料，我竟成为这支跋涉登山队的"老大"，更有意思的是，大家还戏授予我"不老松奖"呢！

天柱峰素有"亘古无双胜境，天下第一仙山"的美誉。其极顶的面积只有 160 多平方米的石垒平台，正中有座古朴而凝重的金殿。其时虽然还是淫雨绵绵、云雾飘飘，但这座建于明代永乐十四年的金殿，赤色的鎏金，依然射出夺目的光彩。

来自佛国的我，见到心中的金殿，肃然起敬，脱下雨衣，进殿朝拜真武帝。殿内灯光幽暗，右边站着一名着黑道袍的年轻坤道，敲着木鱼，念着道经，引着信士鱼贯入内，独个敬香膜拜。

说来也好笑，见神便拜的我，合了掌，叩了头，还不知道所拜的神的长相，等到抬头要端详时，后面的人已进来了。我只好退出门外，想照张"神相"，不料又见到"不准拍照"的字样。我只好凭着视力观瞻，只见殿内有一组铸像，正中的鎏金铜铸的真武帝，英姿魁伟，约有一米八九，端坐在铜制宝座之中，着袍衬铠，披发跣足，面容丰润，富有帝王风范。两旁有金童玉女、水火二将，皆为铜铸金饰站像。

离开金殿，见到左侧有人排队抽签。老道人转动一下签筒，信士随意伸手抽一支。得上签者，付了13元，拿着签诗一看，喜上眉梢。得下签者只交3元，未看，脸已沉下来，好像"凶"事将临头。我对这种所谓预卜先知的玩意，倒不感兴趣。因为我相信，善良的人，心里头永远有一支"上签"，一支"上上签"！

冒着细雨，我站在"光辉顶点"凭栏观望，既见不到"七十二峰朝大顶"的壮景，也望不到"会当凌绝顶，一览众山小"的景观，"但见万壑空烟霏"，一个云雾茫茫的清凉世界，心里头便有几许"来不逢时"的缺憾！但在云封雾锁中的我，又觉有人间未有的绝妙，似有"山顶白云千万片，时闻鸾鹤下仙坛"的境悟。此时，又不知道从哪里飘来"颇有远古巫觋乐舞之遗韵"的道教音乐——《澄清韵》。飘飘欲仙的我也跟着诵起"琳琅振响，十方肃清。河海静默，山岳吞云。大量玄玄也"来了。

返回时，我"请"了一尊真武帝瓷像，抱在怀中，一步一步下山来，走了约3个钟头才到达住地。第二天一早，又抱着真武帝，乘了8个多钟头的冷巴到了武汉。第三天一早，又抱着真武帝坐飞机到达广州。第四天一早，又抱着真武帝坐飞机到达曼谷。可谓一片诚心矣！当地人都说："真武帝真灵验！"诚如所言，我也不会向真武帝祈求什么金银财宝、荣华富贵，只伏愿赐给我身心健壮、视野开阔，能继续去攀登群山极顶！

选自司马攻主编的东南亚华文文学大系《曾心文集》（泰国卷），鹭江出版社，1998年4月版。

第二辑　俯寻情趣

农村旧事情趣

妈妈已去世 8 年了。

今年家祭，子孙满堂。我拿着簿子，逐一登记名字，共有 102 人。当一公布，大小哗然，都把眼睛和嘴巴张得大大的。如果妈妈有灵，也很难一下子认得这么一大群"嫡传"的脸孔，更难一一叫出他们的名字来了。

以前，我们的家里很穷，但人丁倒兴旺。妈妈一共生了一打孩子，男女各半，个个都活下来。妈妈是个地道的农村妇女，从中国的农村来到泰国的农村，是个不识字的大自然的女儿。她虽然也有点"重男轻女"的思想，但既不为男孩抱童养媳，也不把女儿给人当童养媳，更不愿把儿女送给人家。叔叔没儿子，把我抱去养了，不到一天，妈妈就流着泪，半夜似听到我的哭声，等不到天亮，就去把我抱回来了。妈妈说："我的孩子，吃粥配盐也能长大，留下来自己养好了！"在妈妈的眼里，在妈妈的心里，孩子都是自己身上的一块肉！

农村的孩子，粗生土长。妈妈生那么多的孩子，未曾进过医院，都是在农村那间破木屋里，点着小油灯生的，孩子们也是妈妈用自己的奶水喂大的。会走会跑了的，三餐捧着一碗白米饭，蘸几滴酱油，坐在门槛上，傻呼呼地吃得津津有味。这样吃，也不缺营养，个个长得像头牛犊，肥肥胖胖，壮壮实实。

在农村，一个家，就是一个"独立大队"。爸妈是正副队长，我们是穿短裤子的赤脚小兵。劳动时间，是看早上的日出，中午的阳光，傍晚的日落。出工时，妈妈把最小的孩子缚在背后。爸爸肩上荷着锄头，我们跟在后面走。爸妈挖土，我们拔草；爸妈种菜，我们浇水；爸妈割菜，我们把菜放进筐里；爸妈挑着蔬菜回家，我们嬉戏尾随。

爸爸有个习惯，间休时，独自像尊泥塑人

坐在锄头柄上抽烟。而妈妈就在田头，双腿一盘坐，就似一个稳稳当当的临时"摇篮"，让孩子甜甜睡在上面。

我们就乘机玩起来，最常玩的是跳水沟比赛。排成一字形，喊"一二三"，尾字一落，便拔腿就跑，逢沟就跳。胜者弓着指节敲一下输者的脑壳，博得一阵调皮逗笑的欢乐。有时，跳不过太宽的沟，"扑通"一声，掉到水里去，一裤子都是水。谁都不敢叫，也不敢哭，马上脱下裤子拧干。往往还来不及穿回裤子，就听到爸爸发出"×母仔"的骂声，同时也会听到妈妈急问："跌伤没有？"

中午，吃饱饭，爸爸嘴巴一抹，就到巷口咖啡店喝"乌热"去了，一坐就几个钟头。家里的事，全由妈妈一个人"包干"。妈妈往往边抱孩子．边喂鸡，边养鸭。有时，某个孩子身体不舒服撒起娇来，要睡会动的摇篮，妈妈就习惯用一条水布，扎紧两端，吊在半空中，自己坐在小凳上，脚趾牵动着系在摇篮一端的绳索，脚上不停地摇动，手上在缝补孩子的旧衣服，嘴上哼着似乎是无谱的《摇篮曲》。

旱季，妈妈还带我们去给有钱人挑自来水用。走了五六里路，挑满两桶，十士丁。我人还小，力气不足，只能挑半桶，就只有五士丁。妈妈每次给我们几士丁，我们也舍不得买零食吃，回家，一士丁一士丁存入扑满里。等到新年一到，大家围在一起，轮流拿到耳边摇摇，要是听出扑满里的钱已积满了，就会齐喊着："妈妈快来呀！"然后推举妈妈砸扑满，而妈妈总是边笑边把扑满举得高高，欲砸又止。而孩子们却喊着："砸！砸！"于是，妈妈双手一松，扑满垂直落地，随即爆起一阵我们互相"抢"钱的欢乐声。

我喜欢放风筝，中午一有空，就往田野里跑。风来，风筝被我一跑，就拉上天空去了。而没有风，我就吹口哨。哈！口哨往往似仙笛，一吹，树梢就摇动了，风真的吹来了。我放风筝，喜欢在天空与别的风筝"交战"。因为我在风筝线里，暗施"小技"——黏上胶水玻璃碎。每当"交战"，往往把对方的风筝的线割断了。当我望着其断线的风筝飘然而去，而自己的风筝在高空中像个"小霸王"横冲直闯，心里就感到无限的自豪与骄傲！

由于放风筝太有趣了，我往往着了迷，一放就几个钟头。妈妈埋怨只顾玩，不帮家里做事。于是，一气起来就说："要把风筝烧掉！"奇怪！妈妈嘴里经常这样说，但从来没采取实际行动。然而，我也防妈妈一手，把风筝偷偷藏在屋檐下。

有时，正当我溜出门口，爬上屋檐取风筝，便被妈妈大声唤住了，说要我赶着母鸭到田沟里吃小浮萍。虽然一时想玩风筝的心痒得很，但对妈妈的"命令"哪敢不顺从，只好嘟着嘴巴，拿起又长又细的竹竿子，戴着斗笠，"嘿嘿"地喊着，赶着，当起"鸭司令"来了。

赶鸭子也有巧遇之喜事，一般母鸭都在黎明前的黑暗生蛋。当天刚蒙蒙亮，就张嘴"哑哑"叫，好像急着向主人"报功"，以尝得一顿可口的美美的早餐。但也有个别只母鸭，似乎失去了生蛋的生物钟，黎明前忘记生蛋，等到我赶呀赶着走到半路，或到田埂上，张开八字脚，摇动着屁股，脸红脖子粗，好容易"激出"一个圆蛋来，蛋壳还冒着些腾腾的热气呢！我往往高兴地捡起蛋，在手心上丢上丢下玩一会儿，等到回家时，便向妈妈报喜，而妈妈总是给我一句"乖孩子"的奖赏。但有时也嘴馋，挖个"土坑"、放些干柴烧热烘熟吃了。在妈妈的面前，我也曾坦白交代偷吃蛋的事，但妈妈却从来没有加以"追究"。

记得有句民谚说："客人来到我们家，好比丁香香进家。"在农村里，很少有亲友往来，我们是很好客的。记得只有大姑丈是家里的常客，因为他的职业，是挑着担子，摇着小手鼓走南闯北，在乡下一村挨一村叫卖银首饰之类的东西。每当他到邻近村庄，总是顺道来家坐坐。我们一听到"得笃得笃"的摇鼓声，就如一群喜雀，奔出家去，在半路揽住了他，便大姑丈长，大姑丈短，叫得好甜啰；而大姑丈就像弥勒佛那样乐得合不拢嘴，"呵呵"地把担子放下，从衣袋掏出一把糖果，每人两粒。我们一群孩子接过糖，合掌一拜："谢谢大姑丈！"而大姑丈心里也乐得开了花，看着一群吃得笑眯眯的侄儿们，也不禁拿起手中的摇鼓，"得笃得笃"，手舞足蹈逗着玩。孩子们围着大姑丈手中的摇鼓，踮起脚跟，高高地举起一只只摇动的小手，抢着要夺得那只好玩的小摇鼓，喊着嚷着："给我！给我！"此刻，妈妈听到喧闹声，就会从屋里走出来，喝住自己的一群孩子说："不能无大无小，快请大姑丈进家里喝杯热茶！"于是，我们就前呼后拥，把大姑丈请进家里去。

一年到尾，最高兴的事，该算是年底去看"谢神戏"了。

太阳还没下山，妈妈就拿出两张旧草席，叫我们去先占位。在潮州戏的大锣大鼓敲起之前，我们都先占好位了。等到戏幕一拉开，妈妈就来了。她一手提着小凳子，一手拿着圆葵扇。

"妈妈！在这里！"我们站起来摇着手喊。

妈妈把葵扇举得高高："孩子，看到啦！"

平时，妈妈衣着很随便，仿佛屋前那棵树常会黏些尘土。唯有这一晚，她穿着花衣新裤，脸上搽了粉，发髻挽得特别光亮，活像个大烧饼挂在脑后。

"孩子，肚饿了吧！"妈妈还未坐定，就会从两边衣袋里掏出几个熟蛋来，每人一个。我们剥了蛋壳，一口便咬了半个，挨在妈妈的身旁，边嚼蛋，边享受与妈妈一起看戏的天伦之乐。

我们最喜欢看的，是剑来矛去，锣鼓喧天，杀得片甲不留。尤其爱看那背上插着四面旗子，双手握剑的小将，把那胡子长长、双手捏斧的老将打倒，再踏上一只脚。我们都高兴得跳起来，大喊："猜哟！"妈妈看到我们的欢乐劲，似乎比台上的戏还好看。

我们最讨厌看的，是踱出一个老旦，"咿咿哑哑"唱了老半天。

我们的屁股就坐不稳了，甚至台下也你推我捅地演起"小戏"来了。这时，妈妈最"慷慨"，便从衣袋掏出钱来，每人一个硬币说：

"去！每人买根冰棒吃！"

等我们出去兜一圈回来，那老旦还坐在交椅上唱得一把鼻涕一把泪。妈妈也看得眼眶都红了，几滴同情泪在眼中打转。

"妈妈，怎么哭啦？"

妈妈就会指着台上说："你看坏人害得她好苦呀！"看来，妈妈懂得看戏，而且很容易动感情呢！

也许我命好，当我9岁时，妈妈要让我进华校读书，说是"九龙吐珠"。在兄弟中，我是排老四，几个哥哥都没进学校读书。

我是第一个拜"孔老夫子"的幸运儿。因而，惊动了亲朋戚友，叔叔给我买书包，大姑丈给我买布鞋……

说来也有点脸红．家里大小从来都是赤脚走路的。当我第一次穿鞋子的时候，不知鞋带怎么绑，叫着妈妈来帮助。妈妈针活样样行，就是不知道鞋带怎样系，蹲在那里绑了老半天，也绑不出一个样子来；最后，算勉强绑好了，但鞋子一穿进我的两脚，一看，两边打的绳带结和纹路不一样。妈妈安慰说："等一下，到了学校看看同学怎样绑！"我站起来，试步给妈妈看，一只鞋索系得不紧的鞋子，差点脱了出来。

妈妈笑我，我也笑妈妈，一时母子俩僵在一个既好笑又笑得颇尴尬的局面中。

后来，妈妈的孩子们都穿起鞋袜来了，从农村走进城市，弃农经商，而且4个孩子戴上了学士帽，1个戴上了博士帽。

可是，生活在农村大半辈子的妈妈，也随着生、老、病、死的自然规律，回归大自然去了。

在今年家祭之时，我望着妈妈的遗像，想起她的一生，觉得妈妈虽然不识字，但她给我们的是生命的教育。平日，她在自己的子女的心灵里，潜移默化地播下了美德的种子，让幼小生命之根，一开始，就在农村土壤里，得到善良、勤劳、淳朴的滋养。纪伯伦在《沙与沫》中说："在母亲心里沉默的诗歌，在她孩子的唇上唱了出来。"我应当给妈妈唱支歌。因此，在子孙们点香膜拜之后，我把当年在农村那些旧事向他们讲了，个个像听《天方夜谭》那样有趣。

选自司马攻主编的东南亚华文文学大系《曾心文集》（泰国卷），鹭江出版社，1998年4月版。

庭园的天趣

不知是从小在农村的泥土中长大，还是厌恶商场的名缰利锁，随着年龄的增长，隐藏在我脑子里的那种回归大自然的思想日益滋长……

8年前，在经济不甚宽裕的情况下，竟壮着胆子在市郊购下一间别墅，连接着左边有一块空地。与其说我爱那间别墅，不如说我更爱这块小空地——约400平方米。

看着这小空地，想起当年在太阳底下劳动的情景，虽有劳苦艰辛的一面，也有充满欢乐的一面。如今又想与泥土打交道，当然不是过去的那种劳动了，而是想过着"采菊东篱下，悠然见南山"的田园隐逸生活。

邻居所有的庭园，几乎都是请园艺师来营造的，有的似日本式，有的似西欧式，颇有姹紫嫣红的景致。但一问造价，都贵得令人咋舌。

于是，我想自造庭园了。

这消息一传出，亲朋戚友都笑起来，甚至连自己的太太与孩子都带着怀疑的眼光问："真的能吗？"

当然，我心中没有多大的把握。虽然我曾拿过锄头挖土，牵过老牛耕田，干过种种农活，但如何运用花草、树木、石块、水泉等来造庭园，对我来说，还是新课题。于是，我只能回答："试试看！"

一天傍晚，我独自在阳台上修剪几十年来所栽培的盆景，剪着、看着、想着，似乎得到"顿悟"：盆景素有"立体的画"之美称，我何不把这些亲手栽培的盆景搬到那块空地去，在地上造起不同形态的"盆景"来。发挥我这一技之长，说不定能搞出一个集中而又典型地再现大自然的风姿神采之艺术的庭园来。

说来也怪，养在盆里很有看头的盆景，搬到庭园去种，在大的天地里，显得似盆盆不惹眼的"小不点"了，顿然失去它那固有的"移天缩地，盆立大千"的韵致了。

怎么办呢？我只好从头学起。一有空，我就驾着车到一些家园去参观，看看人家如何造庭园。我还数次到佛教城，九世皇园观看景色，从中得到不少精美构图的启示。

为了选购价廉物美的花木、奇石，曼谷市内、甚至市郊的售花木与石头的地方几乎都跑遍了。我最高兴的，偶尔遇上乡下农民自己挖出来卖的树桩，买来修剪后，哈，倒是件好东西，"自然丑"竟然变成"园中美"！

这样我利用商余，陆续花了一年多的时间终于营造一个庭园的模式出来了。老伴看了，笑着说："还像模像样呢！"孩子看了，用泰语说："手艺还不差！"

好话说后，他们又转而"咦"的一声："庭园种的都是树，最好种些花，才会有生气！"当然女人与孩子爱花是一种天性。但我却觉得花易栽，难管理。如玫瑰、菊花、鸡冠花、芍药等，一旦管理施肥不得法，不仅开不出娇艳的花朵，而且像贫血似的，老是长不大，很难看。但考虑到庭

园是一家之事，还是迁就些好。于是，便植了些
"花"，如干粗形美的九重葛、九里香等一类，既
可"看花"，又可"看叶"，更可当"树桩"看。

明代张羽有诗云："看叶胜看花。"我也有
这种偏好。如细分，叶也有绿、白、红、黄等
不同叶色，要是种得有艺术，整个庭园也不会
显得清一色的单调。

我喜欢种些常绿乔灌木，如榕、松、苏铁、
答哥等乡土树。这些树，不像花卉之类那样花开
花落的短暂，而是一年四季常青，并随着年月的
增长，会越长越"漂亮"，越老越"耐看"。

就拿榕树来说吧！品种颇多，其叶色有黄、
白、绿三种。其中绿色的榕，既粗生，又粗长。
经过修剪，给予造型，不仅可以观赏其叶的色
泽，而且还可以观赏其根与干的神态与风韵。

我的小庭园，种了不少品种的榕树，其中
还有舶来种的呢！一般我根据树桩的"原貌"，
给予艺术加工"造境"。有的剪成球型，展其冠
美；有的露根于怪石上，展其根美；有的扭曲
枝干，展其姿美。尤其有株舶来种的英国榕，

凭它的"原美貌",确定造型意境。经过数年的艺术处理与精心修剪,寓"情"于"形",造成一株九层华盖型的"境",寓泰人喜欢用"九"字作为象征"进步"的习尚,使之有"言外之味,弦外之音"的深意。我不只一次竟忘乎所以向友人自夸:"这是世界上的第一株!"

也许我所营造出来的庭园还不太"丑"吧,于是听到一些赞誉声。有人说:"庭院的景色有对称感。"这似乎是了解我造庭园的心境。一般造庭园都要有整体的蓝图,而我没学过园林造型艺术,只好凭感知与视觉,因地制宜,大体上想应当在这里造一"景",在那里造一"景",有主有次,而且在显眼处,应设惹人注目的"景眼",正如写诗要有"诗眼"那样。在"景"与"景"之间,我喜欢相对的"对称",看起来,给人一种平衡稳重的美感。这也许就是正如有人说的我喜欢保持"中正与和谐"性格的流露吧!

又有人说:"有点似中国的庭园。"这话叫我思忖很久。从外表看,庭园中立有高举火炬的自由神与拉尿的小胖子,有点"西化"的了。

但隐藏在我内心，更爱中国的庭园的景色。本来那些买来的树、花、石等，都是自然的属性，无所谓"西化""中化"的东西，但经过血液里有"龙"的遗传基因的我的手法处理，去布局，去营造，也许景色的内蕴，自然而然多少流露出我本身"中国化"的性格、神情与气质吧！

更出我所料的，居然有人要雇我去营造庭园。老伴开玩笑说："好哇，你又多了一行职业了！"我手一摆说："这行职业，只能在自家显身手，不能出外献丑！"

每每看着用自己的手、自己的汗水、自己的脑汁营造的庭园，就觉得有如母亲生下自己的婴儿，不管是丑是美，总是自己心血的"结晶"，均感到无限的欢欣与满足！

有人喜欢把看山、观山，当作"读山"。过去不甚理解，现在自己在观赏、"静照"之中，似乎自己也在"读"庭园。庭园仿佛是一本百读不厌的"大书"，越读越觉得天趣盎然。

清晨，睡了一觉的花木，抖落昨夜的疲惫，从露水的润湿中，透出油油的绿意、艳艳的花色，伴着轻风，跳起"晨舞"，做起"早操"。

"早安！"鸟儿先飞来问候！

一切细小的昆虫也都"忙"起来了。花瓣上趴着蜜蜂，草叶尖上停着蜻蜓，绿叶上爬着蚱蜢……我想，人如果有如蝙蝠般的灵敏听觉，可以听到112千赫的音频，那昆虫的工作脚步声，定有另一个世界的音乐旋律，很好听。

中午，在阳光下，各色的花与叶，没有被晒黑，白的更白，红的更红，绿的更绿……它们正在抓紧时间工作——光合作用。鸣蝉唱着"知了"的单音符的炎热之歌，令人听了沉入"音"的幻想世界。小鸟收住翅膀，躲在绿叶底下的细枝上乘凉，呼吸着自然的清新空气。

我最爱看翩翩飞来的蝶影。它那轻轻一扇的双翅，艳色流泻，可谓是世界上最美的天然图案。据说世界上有14000多种蝴蝶，那么就有14000多种天然图案。我想：集人间所有的丹青妙笔，也无法与之媲美呀！

傍晚，庭园渐渐隐没在暮色中，绿叶经过整天的劳动——为人间制造氧气也劳累了，似要睡觉，显得有些倦意，有的打恹，有的闭阖。

"晚安！"蛤蟆出洞了！有人说："蛤蟆路边跳，也没人要。"我倒很喜欢欣赏蛤蟆逮蚊子的本领：口一张，伸出一条细长舌，"嗒"的一声，即把蚊子送进嘴里去。哈！它一夜不知消灭多少害虫！

夜，庭园像个"美女"，紧紧把我搂在怀中……

以上是我一天的读庭园的笔记。

我爱庭园，更爱自己造的庭园。一有空，我总爱在庭园里，赤着膊子，穿着短裤，手拿着刃具，乐陶陶地自觉劳动着……

累了，坐在庭园"打坐"。棵棵树，朵朵花，块块石，好像飞来"植"在我心中。外面一个"景"，里面一个"景"，两个"景"是那么的和谐，那么的统一。渐渐地景已无"景"了，我也无"我"了，一切溶在天地中……

选自司马攻主编的东南亚华文文学大系《曾心文集》（泰国卷），鹭江出版社，1998年4月版。

灭蚊趣记

雨季来了。

老伴总在我耳边说："家里蚊子怎么这样多？查查纱窗有没有破。"我总是敷衍道："雨天，蚊子必多嘛！"

一旦放纵了蚊子，它便放肆地在我面前"示威"，不管白天与黑夜。当我看书时，它在我的耳边翁翁叫；当我在爬格子时，竟敢围绕着笔端飞舞，还常常趁我不注意，突然向我身上偷嘬一口。我总是本能地"啪"的一声打去。照理应该打到，但仔细一看又没打到。于是乎，我自怨自艾说："也许老了，动作迟钝！"老伴倒嘻嘻地笑起来："不是老了的问题，而是外面刚进来的野蚊子，瘦小飞得快。"

哈！还是老伴观察得细致。

　　老伴是个清晨念经拜佛的人，奉行"不杀生戒"，对蚊子的咬叮，总不忍"用手足伤杀对方的生命"，只轻轻用手赶走。老伴对蚊子这么"仁慈"，我心中总觉得未免太"那个"了！

　　蚊子一天天地多起来。我想蚊子一般的寿命只有7天。这么多蚊子，莫非纱窗真有破漏？因此，我戴起老花眼镜，逐一细查。不出所料，竟有几个纱网老化了，出现了漏点。

　　我觉得问题还不太大，便采用懒办法——透明胶纸粘贴。

　　老伴似挑逗道："早告诉你了，而你不信，现在怎样？"

　　我心里认输，但嘴巴还硬顶："那小小的漏子，蚊子能钻进吗？"

　　也许我"顶"得对，贴实了那些小漏点，蚊子还不见减少。老伴又在我耳边嘀咕起来，"再查查看，还有什么地方漏的。"

　　我说："家里三层楼，几十个纱窗，个别漏洞，可能还是会有的。难道蚊子就那么厉害，无孔不入？"

也许老伴的话又是对的，有句谚语说："蚊子叮鸡蛋，无孔不入。"我灵机一动说："干脆全换新的！"

换了新纱窗，我又用灭蚊器进行全面"歼敌"。

不料，蚊子只少了一两天，第三天又渐渐多起来。

老伴又在我耳边唠叨起来："再查查看，还有什么地方漏洞的。"

我摆摆手说："再等几天，观察看！"

蚊子又一天天猖狂起来。我静它动，我动它飞，我拍它逃，不时向我暗中伏螫！

对这些小"生命"，我似乎处于无可奈何应付的地步。

一天，我无聊，想捉几只来玩玩。说来好笑，小时候什么蟋蟀、蚯蚓、蚂蚁都玩过，甚至金苍蝇也捉来，用手拧断它的头，看它还能飞得多远。似乎唯独只有蚊子没有"玩"过，故此，看着一只蚊子，勇敢地叮在我的小腿上，我静候它吸得饱饱且醉醺醺的。猝不防，我用力一"努"，哈，它的长嘴在我的肌肉里拔不出来，乖乖就"擒"了。别看这小东西，它也有自己独特的结构：一双透明的薄翅，三对有爪的细脚，一张长嘴像利针，略扁长的腹部，因吸我的血，充盈得红亮。一时我没有放大镜，看不出它是否有眼睛。如果没有眼睛，它怎能吸螯人畜的血呢？莫非它像蝙蝠那样，靠本身发出的超声波来引导飞行、引导吸螯？一只蚊子在手，我想起中草药的昆虫类，有许多也可入药，如萤火、蚁螂、虻虫等等，不知蚊子可入药否？我翻开李时珍的《本草纲目》，也叫我一喜！在昆虫类中竟有记载："蚊子处处有之。冬蛰夏出，昼伏夜飞，细身利喙，咂入肤血，大为人害。"可惜书中尚未记载其"气味""主治"等。但从这段记载可以看出中国与热带的蚊子略为不同。中国的蚊子"冬蛰夏出，昼伏夜飞"。但热带的蚊子，冬不蛰，四季出，昼不伏，日夜飞。或许热带的蚊子"野"了，或许肚子饿了。

正当我胡思乱想的时候，耳边突然听到

"拍"的一声，好像拍在我的胸脯前那样震惊。因为老伴被蚊子惹火了，居然也打起蚊子来了。

孟子曰："闻其声，不忍食其肉。"戒杀生，本出于"仁爱"。但"仁爱"也得有个界限呀！我想，对一切有益的生灵应当不杀。尤其对于受保护的飞禽走兽，更要奉行"戒杀"，而对一切害人虫，如蚊子，就不能心慈手软了。因为它不仅要饮人畜的血，而且还会传播疾病，如流行乙型脑炎（伊蚊）、疟疾（按蚊）、血丝虫病（库蚊）等。

不知怎么的，想着想着，我竟把手中的蚊子从"玩"到进行"酷刑"——慢慢地撕掉它的双翅，扯断它的六脚，以至用两手一捏，溅出一滴血斑。

此时，我耳边又闻到老伴的"拍"的一声说："又拍到一个血淋淋的！"

我想，老是拍，即使是次次拍中了，也是无济于事，总要找到滋生"蚊源"才行。

因此，我灵机一动，采用楼上分层观察；楼下分段——客厅、饭厅、厨房等三段观察法，结果找到"蚊源"在于厨房。我拿了白石灰细心修补，凡是有"洞"的地方，哪怕一个绿豆眼那么大的小洞，都"堵"住了。

心想，这下子，蚊子有天大的本领，也无空子可钻了。

没想到，蚊子比我想象还聪明，依然还有"空子"钻进来。

这就怪了，我与老伴翻箱倒柜搜了一遍，却不见有滋生孑孓的污水瓶瓶罐罐。我不禁起了傻想：难道现代的蚊子，也有现代百般狡猾钻营的能耐？

还是老伴脑子转得快："会不会上半月隔壁修房子，搞坏我们的厨房顶？"

"对！"我茅塞顿开。由于两颗心能想到同一点上，便能通力合作。两对眼睛立即变成四道光束，在房顶上透明的塑料板上"扫描"。"扫"了一会儿，也没发现什么"可疑"的地方。

此时我的脑子突然比老伴转得快了："上二楼看看。"

真是居高临下，一目了然。原来是隔壁的新

水槽，太迫近我家的厨房，有块塑料板被"挤"得微微翘起。

下楼来，我垫起了两张椅子向那翘起处一"平视"，高兴地叫起来："真的有一裂拔缝！"

拔缝堵住了，一时心情有如打胜仗那样痛快。

老伴也开怀地说："这下可算彻底堵住了。"

我也心血来潮说："我要写一篇《灭蚊记》。"

老伴嗤了一声："难道这也可写成文章吗？"

我说："当然可以。文章就要写自己日常生活，引起心灵一亮一震的东西。写自己生活的故事，往往最好写，也最动人！"

老伴是个不懂写文章的人，毫无兴趣，把我的话当作耳边风。

嗨……

选自朱文斌、曾心主编的《新世纪东南亚华文幽默散文精选》，浙江工商大学出版社，2020年6月版。

洋儿媳妇趣拾

深夜，我正在明亮的霓虹灯下阅读司马迁的《史记》，突然，接到在日本留学的洋儿媳妇送来的传真，说她明天（3月22日）从福冈搭649次班机，到达曼谷时间20点25分，而且用中文签上自己的名字：西蒂。也许她深怕我忘记她的名字，还写上我孩子的名字：小坚。我看了她的签名，不禁笑起来，觉得洋人学中文可不容易啊！尽管她的签名一笔一画地认真写了，但还是漏东错西，如"蒂"字，漏掉在草头下的一点；"小"字，正中间的一画是向左勾的，她却向右勾。但对她这种肯学中文的精神，我还是十分赏识的。

接到传真，我立即摇醒正在打鼾的老伴。老伴得此消息，再也睡不着了。她在打算做什么好吃的请儿媳妇，时不时问我："做这种菜好？还是那种菜好？"我只是支支吾吾，因为自己脑子里正在想另一件有趣的事。

去年，在东洋留学的男孩小坚，要与新西兰的留学生西蒂订婚。我与老伴坐飞机到达日本福冈，到飞机场迎接我们的，有孩子和未来的洋儿媳妇。她披着过肩头的金黄色的长发，高高的鼻梁，白皙的皮肤，双眼皮比黄种人的双眼皮大，淡蓝色的眼睛。

订婚那天，来了许多同学，还有藤野教授。他们有时说日语，有时说英语，有时还夹着一两句中国话。西蒂那天的打扮，大大出乎我俩的意料，她穿的并不像西方的女人展露乳沟的性感服装，而是一套中国式的红旗袍，胸前还绣着一朵大牡丹，梳的是额前有刘海的发型，看去既窈窕又含蓄，具有东方人的风韵美。

在订婚仪式中，孩子和儿媳妇俩跪在我与老伴跟前合十礼拜。我与老伴共把一条镶上钻石的十字牌的四铢重的金项链挂在儿媳妇的颈上，她抬起头用不纯正的中国话高兴地说："谢谢！爸爸，妈妈！"然后想了一下，又说出一句话："假如今后我与小坚离婚了，我会把这项链还给你们！"我思想毫无准备，听了这话，好像傻了似的，不知如何对答，幸亏我的儿子也喝过"洋水"，懂得洋人的风俗，马上在旁代我们回答："当然啰！"

这件事深深地印在我的脑海里。每当想起它，总觉得西洋人那种敢袒露内心的真情的性格，也有可爱之处。

这次西蒂单独到泰国来探亲，因为我的孩子正帮助藤野先生搞一项重要的科研，抽不出时间和她一起来。

我们全家到廊曼飞机场接她。她与我老伴见面，高兴得互相亲吻起来。我把一串茉莉花环挂在她的颈上，她合十敬拜说："谢谢！爸爸！"然后拿到鼻上一闻，用普通话说："啊，好香呢！"

我赞许说："西蒂，你的中国普通话讲得很不错了！"

"不行！不行！"她边笑边摆着手说。

我记得，第一次见面，她手里拿着小字典，要讲一句中国话，她得先查字典，然后按字典的发音，合拼成一句话。因此，这次我问她：
"带字典来了吗？"她天真的："带来了！这次还
带了两个呢，一个是英汉字典，一个是日汉字
典。"我笑着纠正说："字典不叫一个，而是叫
一本或一部。"她忙答："是！我忘了！"

到了家里，她从日本带来的礼物，每人分
给一件，全家皆大欢喜。她还特意给我与老伴
每人10万日元。

第三天傍晚，我们和西蒂到博大超级市场
买东西。我推着车，凡要买的东西都一一放进
车里。等我推车到结账处，西蒂马上把自己选
购的东西从车里拿出来。我要她的东西一起结
账，一起付钱。她忙摆着手势连说："NO！
NO！这是我买的东西！应该我还钱！"

在泰逗留期间，晚上，她要我给她补习中
文。当然，我满口答应了。可是她问我："教一
个钟头收多少钱？"我思想又毫无准备，傻了片
刻才回答："不收钱！不收钱！"她却很认真说：
"爸爸！你不收钱，我就学不懂了！"我疑惑地
问："为什么？"她说："不收钱，就会不认真

学，不认真学，就学不懂嘛！"结果她硬要按日本教中文每小时 5000 日元付给我。

　　每晚，她是准时上课. 也准时下课的，一分钟也不差。有一次，我教多了半小时，她一定要多付给半小时的钱。按她们西方的习惯，我推也推不掉，只好都收了。我想，收了这些钱，等她返回时全买成礼物送给她。

　　第二天一早，西蒂就要返回日本了。我把男孩、女孩、媳妇、女婿、孙子都叫齐，在家里开了个饯行的晚会。围坐在席上的家族，有黄皮肤、黑皮肤、白皮肤；头上的毛，有黑毛、红毛、白毛。我半开玩笑说："我们的家是个不分国籍不分种族的大家庭。"西蒂莞尔一笑，翘起大拇指说："GOOD！是个家庭联合国！"

　　这句有趣的话，博得席上所有的人，不管是黄皮肤的脸，黑皮肤的脸，还是白皮肤的脸都笑得露出一副洁白的牙齿来。

　　选自曾心著《大自然的儿子》，云南民族出版社，1995 年 12 月版。

捻　耳　记

　　年近7旬的王大妈：矮、皱、瘦。几十年来，站在秤盘上秤，总是29公斤。在家里，白天儿媳到公司办事，孙子上学校，里里外外她是一把手，是个总管家。不知从哪年哪月起，她就养成捻耳的习惯：每次太轻听人家的话，受骗上当，或差点落入骗套，就用大拇指与食指在自己的耳垂上轻轻捏一下，以示要谨记，别再重犯！

　　据她自己说：3年前，就开始用一个本子记录，每捻一次耳朵，画一笔，至今共画了12条杠杠，平均每年4次。但不知怎么搞的，也许今年生意不景气，股票猛跌，市场萧条，因此，社会上的骗人伎俩，五花八门，层出不穷，真叫人防不胜防。今年才过了4个月，大妈已捻了 3 次耳朵。有人指着大妈的耳垂逗笑说："大妈！看你这样捻下去，恐怕你的耳朵会长出半个来！"大妈摆着手势道："去去去！难道你该捻耳的事会少吗？"

现在说说王大妈今年 3 次捻耳的事。

1 月 3 日下午，王大妈独自在家。有人按铃，大妈隔着铁门一瞧，是个戴着圆帽的骑士，屁股还坐在摩托车垫上，急问："这是坤谐的家吗？"大妈即答："是！"

"坤谐的汽车在碧盛路坏了。我是他朋友帮他推去修理。现在快修理好了，可是坤谐的钱不够，还欠 350 铢！"

大妈还有点警惕性，问："什么车？"

"多腰打。白色的。"

"车牌几号？"

"哦！记不太清楚，只记得最后两个字：73。"

大妈暗想："他答得全对！"于是，她从头到脚瞧着他，觉得他的仪表和穿戴，都不像骗子呀。

此时，太阳已偏西，大妈担心孙子放学，没车去接，便蹙着眉头说："车修好，叫谐儿马上去学校！"

"是的，大妈，坤谐也很焦急，怕孙子在学校等久了，会哭的，所以叫我骑摩托车来拿钱。"

一向疼爱孙子的大妈，听他这么一说，耳又轻起来，说："那好吧，你等等。"大妈转身上楼拿钱去了。

不料这时门铃响了3下，大妈惊喜，"哦"的一声说："孙子回来了！"大妈匆匆下来，急问孙子说："你怎样回家的？"

"爸爸载我到巷口。爸爸说他的车很脏，要到油站洗车。"孙子天真地回答。

说时迟，那时快，那个戴着圆帽的骑士，发觉情况不对劲，立即脚蹬手转，开动摩托车，"嘟嘟"地飞走了，屁股冒出了一道浓烟。

大妈如梦初醒，摸着孙子的头说："好孙子，你回来得及时，不然婆婆又受骗了！"

孙子莫名其妙抬头望着婆婆，只见婆婆在捻自己的耳朵。

又3月6日上午，王大妈提着菜篮，正要

上哒叻（菜市场）买菜。门口忽然驶来一部红色的小轿车。右车门打开，走出一个打扮不俗的中年妇女，笑嘻嘻很亲热地用潮州话打招呼："大妈这么早就上哒叻呀！"大妈抬高松弛的眼睛看着她问："你是谁？"

"哎呀！大妈不认得我了。那天你到龙莲寺拜佛，人挤来挤去，大妈差点跌倒，是我马上扶着你的。"

大妈一想："真的也不错，几次差点跌倒，都有斋友相助。"如今见到斋友，如见到菩萨心肠的人，便说："外边天气很热，请进屋里喝杯茶。"

尾随着那位妇女进来的，还有一个衣冠楚楚的中年男子，双手捧着一尊约有一尺高的铜像。

大妈正忙于倒茶，就听见那妇女说："大妈一向善心，每年生日，不是到养老院，就到孤儿院捐钱，真是功德无量。"

大妈听到有人赞扬她积善、积德的话，便笑在眉上，喜在心："是呀，别人生日，请吃

桌 ①，我勿！把吃桌的钱，拿去添汶！②"

那妇女顺水推舟说："大妈的善心，谁不知道，连我们某某善堂的理事长还赞扬你呢！"说着从旁边的男人手中接过那尊佛说："大妈，今天我们理事长本来要亲自来送的，由于临时有急事，不能来。"

大妈看到捧在她面前的是尊三保公佛，虔诚之意满心窝，立即合十敬拜："三保公佛祖保佑！"

"大妈诚心，如果捐 3500 铢送佛祖一尊！"那妇女满脸堆着笑容说。

大妈早就想"租"③尊三保公佛来家保平安了，现在有人送上门来，"租"金也不贵，又是捐款做善事，大妈当然没拒绝，便轻易答应下来。但她清点在家现有的私钱，才 500 多铢，加上买菜钱，共 600 多铢。

那女人乘机说："大妈，那先捐 500 铢好了，剩下 100 多铢可买菜。明天一早，你再准

---

① 吃桌：潮语，吃酒席。
② 添汶：泰语，捐献善款。
③ 租：泰国人买佛口叫租，以表尊敬之意。

备 3000 铢，我再拿佛给您。现在我们急着要到某某侨领的家去！"

于是大妈把一张紫色的 500 铢钞票，放在掌心上，双手合十，半闭眼睛，喃喃说些保佑之类的话。那妇女接过钞票，抱起三保公佛，在大妈眼前一献说："愿三保公保佑合家平安！保佑孙子读书考第一名！保佑儿子步步高升！保佑大妈活到百岁以上！"这些话，句句说到大妈的心里，说得大妈"憨憨"地笑个不停，说得大妈那晚躺在床上还觉得挺舒服，并做了个甜梦。

第二天，大妈一早就吃斋，还特地到哒叻买了四粒柑，穿得整整洁洁，满脸欢喜地一直等到孙子放学回家，还不见他们的影子。大妈捻着自己的耳朵，喃喃地说："真没想到，他们连佛祖都拿出来骗人！"然后，用干瘪的手招呼孙子说："来来来！把盘里的柑拿去吃！"

4 月 5 日，电话铃响了。大妈拿起电话筒，一串串的雅话传入大妈的耳膜。

"哈啰！是坤谐的家吗？"

"是。"

"哦,那你是坤谐的妈妈!"

"是!"

"你的孩子真能干,现在已升为经理了。他们的公司常在我报登广告,我是亲自处理的,总把他们的广告放在显要的位置。现在我们的报纸为了纪念 40 周年,出了纪念特刊。今天就亲自上门送特刊,并请光顾本报一年,报费优价,全年只收 1300 铢。到时还会恭请坤谐与大妈共同出席庆祝会!"

大妈被说得乐滋滋的,心想:这个月,孩子正交代订份中文报,因为现在的生意日益与中国打交道多。于是她掐着手指细算,订全年的报费,可便宜约 500 铢,便满口答应了。

放下电话,大妈边喝热茶边想:原来订的报纸,是先派报纸,后拿钱。现在一下子要先收全年报费,这里面可能有问题?大妈自语:"还是让我先打电话问问报馆有无这件事。"她戴起老花镜,在两本厚厚的电话号码册里,翻来翻去,找了老半天还是找不到。

忽然门铃响了，大妈在阳台伸头一看："是谁？"

"刚才大妈答应陈先生订一年报纸，现在我送来特刊，并来收一年报费。"那个戴着圆帽的骑士抬头望着大妈说。

也许由于大妈经常捻耳之故，这次耳朵不会那么轻了，立即舌头打了个转说："哎呀！现在孩子不在家，我的手头又没钱。这样好吗，你把陈先生的电话与泰文真实姓名留下来，今晚让孩子再联系。"

那人有些慌张，不肯说出电话号码与陈先生的泰文名字。

大妈便打圆说："记不清楚也不要紧，回去告诉陈先生，今晚8点钟打电话联系。"那骑士"嘟嘟"把车开走了。

那晚，大妈等到深夜，陈先生还没来电话。便自言自语说："可能又是骗子，差一点又受骗了。"于是她又捻着自己的耳朵上床睡觉去了。

大妈捻耳的事，也许听来有趣。但如果每人都像大妈那样严格要求，想想自己也必定有不少该捻耳的事吧!

捻耳的事,启示我们:人的一生,往往是活到老,学到老,也受骗到老。

选自朱文斌、曾心主编的《新世纪东南亚华文幽默散文精选》,浙江工商大学出版社,2020年6月版。

在那密密的森林里

春天来到，要到哪里去春游呢？孩子们都说，最好到考艾，领受那森林中的野趣。

我虽已去过，但为了投合孩子们的情趣，也乐意驱车前行。

考艾离曼谷 200 多公里，素有"天然公园"之美誉，其主峰，海拔约 1328 米，被列为泰国第二高峰，其区已被划为"野生动物保护区"。

眼前，是一碧连天的自然丛林，轿车在弯弯曲曲的坡道上爬行。一会儿，见山挡去路，一会儿，急转了弯又登坡；回头望，弯曲的山路即刻淹没在苍苍茫茫的林海里；往前看，满眼又是灌木与野花。与其说，轿车在山路走，不如说，轿车在密林丛中行。

孩子们到这样一片深山老林，最感兴趣的

不在于一望无际的森林，而是在那密密的森林里，是否有野鹿、野猪、野猴、野象，甚至"山中之王"——老虎。

他们都叽叽喳喳地说个不停，边吃零食，边睁大眼睛往外瞧。

突然，有个孩子叫起来："爸爸，开慢点。"我定神一看，哈，前面斜坡路弯处，有几只野猴子带着小猴子，在一堆横七竖八的断枝残叶中纵横跳跃，相互嬉戏。一只正在抓耳挠腮，一只却在龇牙咧嘴，跟着另一只争吃残物剩果。孩子们顿时跃跃起来，有的要打开玻璃窗，把嘴上正吃的食物丢出给猴子吃，有的却举起手来，五指拌成短枪形，"嘭嘭"往外打。

可是，这些野猴子从来没见过猎人、听过枪声。它们不惊慌四处逃跑，反倒抬起头来看我们，甚至向我们挤眉弄眼，又引来了孩子们的调皮，有的跟着猴子做鬼脸，有的举起小手，向猴子喊声："拜拜！"

轿车继续往前走，孩子们的眼睛都往外望，在他们幼小的心灵里，也许都在想；突然有一群野象、野虎跑过,那该多刺激呀!可是,他们热切的心愿一个个地落空了,在他们眼前出现的,只是一个个坐标:这是大象、老虎经过的路线。

孩子们开始有些疲倦,车内渐渐静悄悄了。

来到一个转弯处,我急刹车,孩子们个个往前倾斜,"哇"的一声叫起来:"爸爸,发生了什么事?"

我暗示着外边路陡峭,孩子们又立刻惊醒起来,往下瞧,"哇哇"地叫着:"那么深的峡谷,车掉下去,就没命了。"我立刻制止他们:"新年头,不要乱讲不吉利的话。"他们有的伸长舌头,有的捂住自己的嘴巴"嘻嘻"地偷笑,说爸爸还相信这个。

来到一片草坪上,下车去参观其中一大瀑布。瀑布叫什么名,孩子们也没有兴趣知道。我怕他们走散,要他们手牵着手走,我走在前,他们跟在后,往瀑布发出哗啦啦的声音的方向走去。

奇怪,为什么只听到哗啦啦的声音,却不

见飞流直下的瀑布呢？原来我们是走到山顶上，往下瞧，只见山腰有一大平湖，在平湖处，断裂一个大缺口，水哗啦啦拼命往下冲。我怕孩子失足跌下去，不许孩子到临崖边看瀑布。

随着参观者的人群走动，我们来到下峡谷观瀑布的路阶。孩子们高兴极了，一步一跳往阶下走。这时，我且一步一点头地跟在后面了，看着孩子们的活泼劲，我不禁自叹："自己真是老了。"

孩子们站在一大石头上，指手画脚在天真评论着瀑布。有的说，是从山上掉下来的；有的说，是从天上掉下来的。

当我赶到，孩子们便问："爸爸，爸爸，瀑布是从哪里掉下来的？"

我指着破空直泻的飞瀑："天下的雨，积在山脉上，积水多了，就要找低处冲下来嘛！"尽管我答得不一定对，但孩子们听来，却觉得有理，没有一个提出异议。

瀑布宛如一条白色的玉带，倒泻于巨石之间，喷烟吐雾，腾空的银雾飘到孩子们的脸上，嘻嘻哈哈的孩子们觉得很好玩，很"刺激"。有的坐在清澈见底的溪水旁伸腿戏水，有的对着水底的影子自逗着玩笑，有的站在石头上跳"狄士哥"，有的对着高山大树唱歌……

我看过许多瀑布，都觉得大同小异，不觉得有什么新鲜，奇怪的是，今天和孩子们一起观看瀑布，却觉得瀑布在欢乐地叫，孩子们在欢乐地跳，声音融和，动作协调，天人合一，形成一股具有青春活力的主旋律，在密密森林里袅袅荡漾。

有个孩子天真地问："哗啦啦的水流到哪里去？"

我一时没有正面回答孩子的提问，脱口朗诵了诗人韦丘《瀑》的诗句："碧玉溪，清水泉，环山绕石，迂回曲折，潺潺要下平原……瑰丽雄奇非夙愿，只为灌溉平川万顷田。"

一个孩子说："爸爸，你在作诗，在朗诵诗，我们听不懂。"另一个孩子说："爸爸，你把它译成泰文给我们听听。"我一时蒙了，摸着那孩子的头，感叹说："咳，都变成'番仔'了。"

　　我又驱车到了山上的自然展览馆，里面有各种野生动物的标本和图片，还看了专门介绍这个天然野生动物保护区里的各种飞禽走兽。对这些第二手的东西，孩子们似乎不太感兴趣。

　　我们从展览馆出来，瞧，在广场一角却有几头猪，它们正伸长鼻子，撬着残物，寻找东西吃，猪尾巴不停欢乐地摆动。孩子们见了即刻精神起来，有的说是家猪，有的说是野猪，争论不休。他们问我，我也似乎难以说清楚。看它长长的鼻子，高高的脚，像是野猪；看它肥肥的肚子，短短的猪毛，又像是家猪。有个孩子捡起一块小石头要掷去，我立即制止他："不怕死吗？小心野猪咬人。"孩子们听了，怕得都向我身后躲起来。

　　在回家路上，有个小孩问我："爸爸，我们今天怎么没看到飞鸟，也没有听到鸟声呢？"这时，我才恍然大悟，觉得孩子说得不错。我思考好久，停了片刻，既勉强又含含糊糊地说："也许是旅客来太多了，把飞鸟都惊跑了。"

　　对这个问题，孩子们也不太感兴趣。我也

答得不够精彩，坐在车后排的孩子们一个个都睡着了。也许他们正在做梦，梦见今天见不到的野象、山老虎呢。

　　选自叶刚总主编的《100+1课文作家教你写作文·名篇全赏析》，中国少年儿童出版社，2010年3月版。

第三辑　仰觅珍藏

一坛老菜脯

元旦前夕，老伴在清扫菜橱中，"清"出一个旧坛子，递给我说："你看看，里面是什么东西，如果没用，就把它丢了！"

我打开一看："哟！是一坛老菜脯。"

"我家怎么有这东西？"老伴皱起眉头。

记忆像打火机，一下子在我脑壁擦亮："哦，那是7年前一个老病人送给我的。"

看着这坛老菜脯，令人想起1989年的一天夜里。在睡梦中，我被电话铃声唤醒。这是医生常遇到的事。在电话筒中，传来一个女人的声音。说她是从北榄坡打来的长途电话。

"你是谁？"

"记得吗？半年前，我常陪我妈到曼谷找慕曾（曾医生）治脚膝酸痛呀！"

"噢，是冯大妈的女儿！"刹那间，从我脑子的"库存"里"跳"出母女的影子来。

"是，慕曾。不知怎么的，我妈今晚半夜起床上厕所，突然昏倒，半身不能动。"

我想到她妈有高血压病，又是 80 几岁了，忽然中风，有可能导致死亡，便建议："马上进医院！"

谁知对方的声音，即刻变为哽咽："妈……妈！不愿进医院。"

当然，按一般老华侨的旧传统观念，都怕死在医院里。但她刚中风，还可抢救呀！我便急问："那怎么办？"

"妈说……"她啜泣了几声继续说，"妈说，要请慕曾来看！"

我张大嘴巴，一时怔住了。脑子突然冒起"去还是不去"的问号。去吗？路途那么远，乘冷巴也得 4 个多钟头。不去吗？内心似觉有点"见死不救"的隐痛与负疚感。

在踌躇间，无意地我往壁上的挂历一瞥：喔！明日是一张红的——万佛节。也许由于作为一个医生固有恻隐之心的驱使，或许由于明天是假日，我便在电话中答应了："明天乘最早一班冷巴。"

"谢谢！我在车站等！"啜泣声顿时变成感激声。

到达目的地，她已在车站等我了。由于她很胖，臀部又大，我俩差点坐不下一辆三轮车。

路上，我向她了解到她妈的一些病情与她一家的身世。她出生不久，父亲便去世，母亲靠搓"尖米丸"过日子。小时，母亲养她，后来母亲老了，她养母亲，两人几十年相依为命。现在她已属于超越婚龄而嫁不出去的大姑娘了。

到了她家里．又叫我吃了一惊，原来她母女住的是这样简陋的木屋，在曼谷似乎只有在孔堤贫民窟那里才能见到。不知怎么的，未进屋里，心里头便有种酸溜溜的滋味。真的，如没亲眼见到，似乎还不相信至今在泰国的华侨与华裔中，还有人住在这样差的房子里。

病在床上的冯大妈，见到我来了，激动得"挣扎"着要坐起来，无奈半身不遂，只见好的半身的手脚"动"了一下，歪斜的嘴唇也颤抖地"动"着，"激"了老半天，才说出两个单字且又失准的潮州音来："先……生（医生）!"随之口角流涎，眼里噙出泪水。

经过"望、闻、问、切"的诊断，认为她的病情还不是那么严重，近乎属于"小中风"之类。我以中经络给予施治。处方：大秦艽汤加减。体针：曲池、外关、合谷、足三里等穴，并给予头部穴位放血。

当晚，我便乘最后一班冷巴赶回曼谷来。她女儿送我到车站。临走时，她把早捏在手心的一个红信封塞给我说："这是一点先生金!"

照常，我都会说声"谢谢"便收下了。但这次，我想起其家境，却"心慈手软"了，觉得应当特殊处理，给予却酬。我塞还她："留着给你妈治病!"她硬不肯，又塞过来。由于她个子肥大，手臂又有力，塞来塞去，我是"拗"不过她。于是，我急中生智，只收下信封，把酬金还她："好，我收下了!"

"这怎么行呢？"

"行！我已收下你们的心意了！"

一时，她怪不好意思，接过钱的手，不知要放在哪里，也许她自生以来就没有遇到此种"优待"吧！

等到车开动了，她仿佛才从"梦境"中醒过来，挥动着那双粗且大的手，向我送别。

医者常道："医，仁术也。"此次，我虽"白"走一趟，连车费还自己掏，但却有一种"一方济之，德逾于此"的满足感、精神快乐感！

事隔一年多，有一天，我又接到她从北榄坡打来的长途电话，说她妈妈的病好了，明天有事到曼谷，顺便到慕曾家里坐坐（拜访）。

当然，我表示欢迎！

也许是医生惯用视觉诊察病人的神、色、形、态之故，她妈一踏进门槛，我就发觉她的右脚还有一点"跛"，但想到她年龄如此之大，中风后还能恢复到如此好的程度，已是不简单的事。这不仅有赖药物治疗的作用，而且还有赖于本身的精神力量以及顽强锻炼的精神。

见面时，双方都很高兴。她妈叫着自己的

女儿，把家里带来的东西送给医生。可她女儿又怪不好意思，把东西推给她妈妈，自己掏出手帕擦汗。

"先生，你看我这个女儿，刚才在家，就不愿把这坛东西带来。说这样的东西，不像礼物，太小气，很难看。"她母亲喃喃地说着。

她女儿有点忸怩起来，脸上泛起几分羞意，而低下头："妈，别说啦！"

可她妈说得倒来劲，把一个肚大口小的陶具捧到我的面前说："先生，请别见笑！这是我几十年前，自己腌的老菜脯！"

"哦，是大妈亲手腌的，难得，我得尝尝！"我边说，边伸手去接过坛子。

"哟！这坛子已像个古董了。"我打开盖子，见满坛的菜脯压得严严实实。平时我们见到的菜脯是深黄色的，可这坛老菜脯，由于藏得久了，却变成黑油油，似木炭。我抽出一条来，哈！既长而软，表层附满细盐。我用手撕断一小块放进嘴里，嚼之，软中带韧；啖之，咸中带甘，香中带凉。

"好吃！"我点头赞赏道。

这句平平常常的赞语，在她母女听来倒很不平常。原来她女儿嫌不像"礼物"，不好拿来赠送；而她妈妈虽一片心意，却不知道我是否喜欢，故她们一听到"好吃"的赞声，母子感情拉平了，相视而笑，笑得似自己在啖老菜脯那样香甜！

然后，我笑着对她俩说："菜脯，是潮州人的叫法，而普通话叫萝卜干。"

她俩听得眉开眼笑，好像是第一次听到似的。

"萝卜，在本草学上叫莱菔。它的种子，叫莱菔子，是中医学用的消导药。"我顺嘴说之。

谁知她妈妈似全听懂似的，插嘴说："老菜脯也可治肚胀呀！"

"是吗？"

"先生，能治病的菜脯，要越老越好。邻居常向我讨吃，一吃肚胀就好了！"

她女儿用手扯着妈妈的衣角，好像暗示说："人家是医生，怎能说这些！"

可是，她妈全不理会，继续向我谈了老菜脯治腹胀肚痛的几个病例。

我半开玩笑说："看来，大妈是半个医生了！"

只见大妈笑得多开心，多自然；而她女儿却笑得多尴尬！

看她妈对菜脯治病说得那样来劲，我也讲了莱菔子在"消食、导滞"方面的功效与应用："莱菔子长于行气除胀。用于食积所致的胃胀满，嗳气吞酸，或腹痛泄泻等症，多与六曲、山楂同用，如保和丸。"

这一讲，她女儿倒睁大一双黑眼睛，听得很入神。可她妈也许听不懂，说要上厕所去。

告辞时，我收下他们的"礼物"——一坛老菜脯，也收下她们一片真情。

至于老菜脯能不能治肚胀的问题，我翻阅了几部本草学，却没直接记载，只有说到莱菔（萝卜）的功用主治。如《唐本草》："散服及炮煮服食，大下气，消谷，去痰癖"。《纲目》："主吞酸，化积滞，解酒毒，散瘀血，甚效。"

于是，我只好当作"存档"，原封不动地把这坛老菜脯置于菜橱里。岂知，一置就7年多了。

今年春节，由于食得过量，加上大鱼大肉肚子里总觉不大爽，似胀似满，似痛非痛，似泻非泻，服了些便药，也时好时坏。于是早餐倒想吃潮州粥。拿起一碗似半流质的白粥，又想起小时在农村常吃稀饭配菜脯，便从菜橱里取出那坛老菜脯，截了半条，洗净，配"白粥"吃了。也许是久没吃菜脯，或许这老菜脯腌得到家，富有一种其他佐餐小菜无法比拟的独特滋味，由舌尖到口腔，由食道到胃肠，那种咸中带甘、甜中带香的味道，清爽可口，胃液大大分泌，比什么山珍海味还好吃。我连续吃了两碗热稀饭，汗水涔涔，感到特别舒服。从此，腹部一切症状消失，恢复正常。

当然，从医学角度看来，单有一两个"病例"不足以验证老菜脯的功效；但想到民间饮食疗法，是不可轻视的，它也是一个"宝库"呀。如"赤小豆焖鲤鱼"单方，治水肿，就颇有效。

故此，我有点后悔，当时没问清楚冯大妈

的老菜脯是如何由萝卜腌制而成的，又须封藏多久才有药效。

我想写封信问她，可屈指一算，她已将近90岁了，不知还健在否。

选自《散文·海外版》，2000年第4期。

礼　品

　　或许是自己血液里还有龙的遗传基因，或许是自己也曾学了一点"之乎者也"的东西，尽管生在湄南河畔，居在湄南河畔，但还是对中国的古玩有所偏好。

　　说来也有点脸红，几十年来，陆陆续续收了那点"消遣物"，虽珍藏在玻璃柜里，但还不知哪件是真品，哪件是赝品！

　　然而，其中有一件古玩，我敢说，是百分之百的真品。

　　提起这古玩，我的思绪顿时坠入那长长的时光隧道。

　　那是近20年前的一天，北风呼啸，我到福建北部某山城去探望叔公。

　　去前，据旅行团的人说，现在中国人最喜

欢彩色电视机。那好吧！我就从香港带个 20 吋的彩电作见面礼。

到达那里正好下着大雪，叔公与他的全家人都站在车站等我了。

原来叔公的身材瘦长，很像"瘦硬之竹"，可那天由于天气冷，穿着厚厚的大棉袄，身材不瘦反而圆胖起来。但细看他的脸依然是那么清瘦，依然不老，笑咪咪的细眼，我一眼就认出是他。

大家七手八脚把彩电弄到家里，高兴一阵，叔公却皱起了眉头："这么大的东西要放在哪里好呢？"

的确，这时我才发现，他家里没有客厅，似乎容纳不了这"大礼品"。但不管怎样，我已尽我的心意了。

入夜，我正想上床睡觉，便听到门外有"笃笃"的敲门声。

"请进！"

只见叔公笑咪咪地，端着一碟板鸭与一樽酒说："今晚很冷，喝杯老酒，可暖暖身体。"

我与叔公对坐："叔公，近来身体可好？"

"嗨！人老啦，常腰酸腿痛！"叔公细眯的眼睛失去笑意。

我想，他的"腰酸腿痛"似乎与"文化大革命"被揪斗有关。听说，他当年在某校当教员，红卫兵说他曾当过旧政府职官，也揪出来批斗。别人被批斗，肯自打嘴巴："我罪该万死！"可叔公不管怎样被批斗，总像一根"瘦硬之竹"，不说话，不低头。有个"小将"火了，叱喝一声："还不快低头认罪！"并向他猛踢一脚。这下他不是"低头"，而是"倒栽葱"了。

关于这段不幸的经历，是不是像人们所说的那样？我想亲自向他问个明白，可他的手轻轻一摆说："过去的事，莫再提它！"

人常道："酒逢知己千杯少。"那晚相对而饮虽谈不上"千杯"，至少也有二三杯吧！

第二天，我准备去厦门。一早，就见叔公已准备好几包"礼品"：一包是武夷山茶叶，一包是野香菇，一包是嫩笋干……

当然对家乡的土特产，我一见就嘴馋。

"还有一件东西，不知你喜欢吗？"叔公边说边解开一个旧布包。一层，二层，三层……

喔呵！是个白瓷大圆盘。

"这是我父亲留下来的古盘！"

我一听是古盘，脑子立即与古董联系起来。

"当年，我父亲是个清朝的文官，家有不少古玩，可惜在'文革'期间，都被抄走了，只留下这个盘。"

"叔公，这个古盘怎能逃出劫数呢？"

"说来也有点蹊跷，当时家里有许多红宝书，没有地方放，我就堆放在这个盘上。红卫兵见了红宝书，心里已高喊万岁了！"叔公说着自己也觉好笑，细眯的眼睛只剩下两条缝。

"叔公，这么说，是红宝书保护了它！"我半开玩笑地说。

叔公乐呵呵地点头："不错！不错！"

平时，我所见的瓷碟和瓷盘，多为青瓷和粉彩瓷，而对这种白瓷，还不很了解，便问："叔公，这种白瓷不知出自哪里？"

叔公戴起老花镜，像个古董家说："这种白

瓷，看来是出自建窑……"

"什么叫建窑？"

"建窑嘛，有人也叫福窑，就是在福建建阳县烧造的。"

"那么建窑烧造的瓷器，都是白色的吗？"

叔公说："不止一种，有紫建、乌泥建、白建3种，但市上都以白建为最佳。"

哈！刹那间，我那颗喜悦的心，仿佛荡漾在这盘中："叔公，这盘是佳品了！"

叔公呵呵笑着点头。他顺手抹去盘中的灰尘："你看，盘中还雕着一枝水仙花！"

由于岁月的侵蚀，如果不是叔公的指点，我是看不出是什么东西的。

叔公用手指当画笔，在不清楚的痕迹上临摹那株水仙花："叶厚扁长，在数叶中间，抽出一茎，茎头开花数朵。"

给叔公这样一"临摹"，一株冰清玉洁的古老的水仙花，似乎又"活"在盘中，而且还散发出馥香气息呢！

叔公又把盘翻过来给我看："盘背面还有一

枝浮雕的梅花。"

我细看,这梅花虽有些磨损,但还有立体感,其枝干如铁,其花素洁如雪。

叔公问:"读过王安石的《梅花》诗吗?"

我说:"读过,但记不得了。"

叔公便低声地吟着:"墙角数枝梅,凌寒独自开。遥知不是雪,为有暗香来。"

本来在我的印象中,叔公的外形很像"硬瘦之竹",此时,须臾之间,我仿佛觉得叔公的心灵,像盘上的"寒梅"了。

叔公说:"现在我老了,儿子、孙子都喜欢现代的洋东西。这老东西留着没用,你喜欢就带走吧!"叔公垂下了眼睑,便看不到他的眼珠子了。

结果,我只说"谢谢",便把叔公珍藏几代人的"珍品"带走了,带到湄南河畔来了。

时光如流水,永远留不住。叔公5年前已仙逝了,而叔公所馈赠的礼品,依然珍藏在我家的玻璃橱里。它与时间的流逝成正比,越来越显出"有年矣的古老",越来越显出精巧"古艺的保值"。

嘘唏！回想当年我馈赠叔公的礼品，也许已"过时"或"老化"了，被弃之向隅，而成"废品"了！

选自曾心著《心追那钟声》，泰华文学出版社，1999 年 6 月版。

同 根 生

我家庭院的菠萝蜜熟了。太太总要启示我：
"该摘个送给五叔。"

因为五弟每年的芒果熟了，总要叫妻子送
一篮芒果到我家来。每当尝到这些芒果，便觉
得有一种特别的滋味，不仅香甜，而且还能嚼
出亲如手足的人情味！

五弟与我都是出生在泰国的农村竹寮里。
地道农民的父母，不懂得节制生育，一共生了
一打孩子，男女各半。这么多的孩子，靠两双
手种地的父母，单管孩子的吃穿已不太容易了，
哪还管得着孩子的学习问题。因此，我的兄姐
都没有机会上学校读书。到我与五弟开始背着
书包上学了，父母也从来没有过问我们的学习
成绩。实际上，父母不识字，也管不了孩子的

学习。谁知却在这竹寮中飞出两只求知欲望很强的小鸟，一只飞到龙的国土，一只飞到大西洋彼岸——美国。

当然，到大西洋彼岸的要比到龙的国土来得风光。在亲友们的心目中，这两只从同一个竹寮里飞出的雏鸟，自然到西半球的前途万里，而到东半球的前途未卜。

学成后，弟弟戴着经济博士帽，潇潇洒洒归来了，并凭他的学位，青云直上，现官阶为十级文官。而我却一度像折了翅膀的鸟，回不了家。后来也算回家了，带着一纸大学毕业证书，虽有学历，也似乎等于无，比如从医也得重新考试。

当年，我与朋友合资搞了一间医疗服务中心，也许当官者很忙，弟弟从来没有来过。有一天，突然接到他的来电，说要来看病。这倒叫我大吃一惊。我真不大相信，喝过洋墨水的人，能相信中医中药。

我问他什么病？

他说常腰酸痛。我问服过药了吗？

他说常服西药，服时好些，没服时又酸痛了。

我说西医一般治标，中医往往标本兼治。

他听了觉得很新鲜，好像对中医很有信心似的。我用三个指头给他把脉，开处方，还给他针灸，拔火罐。我问他，家里有人会煲中药吗？他说孩子的妈妈会煮。来了好几次，终于获得奇效，他非常满意。后来，他妻子患慢性鼻炎，也带来看过。他妻子是个纯泰国人，但倒懂得许多人情世故。母亲还在世时，她常亲手做些好吃的东西带来；母亲去世后，她每次家族祭祀都必到，还懂得拿几"果"几"牲"来敬拜呢！

我太太与她很合得来，常赞她很懂得中国世情礼节。每到过年过节，总要跟她"煲"很长时间的"电话粥"。

弟弟的业余爱好，就是打高尔夫球。他也几次邀我一起去打。我当时是初学的，只能把球打得出去，还不能去参加打几个"洞"。当然和他打，也不是比赛，虽然不是他的对手，我也去了。奇怪，每次与他打，总觉得打得特别好，球飞得比平时既高又远，几乎一劲冲天，去吻着青天白云。

我也有我的业余爱好，就是在灯光下，用我的五寸之笔，独自耕耘自己的一片"精神土地"。不用邀友同打，也不用花钱买入门票，便可独享乐趣。这乐趣是苦中来，所以乐得其所，乐得足以一醉，乐得不亚于打高尔夫球。尤其把自己的成果——作品，辑为书出版时，更是飘飘欲仙，那种精神享受，人间几乎没有一种享受可与之比拟。我弟弟虽然地位比我高，钱比我多，但他就无法享受到这种精神的滋味。我出版的书，他总喜欢向我"讨"，我明知他看不懂，也乐意赠送他，他至少会把它摆在书架上。

也许他与我都是农民的孩子，喜欢与土地打交道，对种花、种树很感兴趣。

有一天傍晚，我到他家里去，他穿着白短裤子正在庭院修剪花木。他看到我来很高兴，带我去看一盆人家送给他的树桩盆景。我一看，觉得树桩头倒不错，就是枝叶留得过多，还有一树留两根主干，显得主次不分明，该动大"手术"，去掉一"干"，只留一"干"；还须"提根"，让部分根露于表土。我把这意见跟他说了，真没想到他立即把手中的剪刀递给我："亚兄，您就剪吧！"

"你不怕搞坏了？"

"怎么会呢？亚兄是个盆景专家。"

"我称不上专家，只对中国盆景艺术有一种特别嗜好。"

说真的，打高尔夫球，我不是他的对手，而搞树桩盆景，我足可当他的"老师"呢！

经过我的"手术"后，顿然眼前的盆景比原初的造型胜出数筹，显得"拙朴苍枯"。

弟弟边看边笑，说什么中国盆景出口到西方世界怎样受到欢迎。他自己欣赏几乎入了迷，直呼其妻子和孩子出来看。

此后，每当庭院里的盆景枝叶长多了，就来电请我去修剪。有时怕我不去，还加点"物质刺激"，美其名曰："请到我家里共进晚餐"！

不久前，我与弟弟几十年前读的华文小学复办了，我们到那里去。也许有个当官的校友回来了，欢迎我们的人显得特别高兴，冲茶冲咖啡，显得分外殷勤。

弟弟也感于是自己的母校，解囊相助一笔钱。谁知母校重视这个学子，要在一个地方刻下他的名字。我这个弟弟只会写自己的中文姓名。当他正弯腰在捐款人后面的空白处落笔时，突然想起要写父母的名字，自己不会写，把笔交给我："亚兄，您就在这里写下爸妈的名字好了！"

我一时没有思想准备，傻了一下，反问："写爸妈的名字吗？"他连连地点头。

我接过笔，既兴奋，又来劲，挥了6个大大的方块字。我觉得今天这6个方块字，写得很劲健，似"行神如空，行气如虹"。

在回家的路上，我和弟弟并排坐在轿车上，不仅身贴近了，而且心也贴近了。

此时，我觉得身边的弟弟，虽然穿洋装、读洋书，讲不了两句中国话，但他的心，依然没忘记生他养他的中国父母亲！

选自曾心著《心追那钟声》，泰华文学出版社，1999年6月版。

心中有座母校

我离开厦门大学，已超过半个甲子了。之后，从东到西，从北到南，又走过许多地方。但走来走去，似绕了一个"圆"又回到原出发点，为立足于社会生存而搏命，而奔波！而今回首，唉！不觉已是桑榆暮景了。

2001年4月6日，将是厦门大学80华诞，喜悦之波涛，又把我心中记忆的小船，带回到那曾经学习生活过的母校岁月里去。

当年，我考上厦门大学汉语言文学系，是属第二志愿。这个系在该大学的十几个系中，是属于小系。我们这一届学生不到50人。男生占绝大多数，女生不到10人，因此学习好又有几分姿色的女生，似乎显得有些"矜持"，甚至"孤芳自赏"了。

厦门大学是爱国侨领陈嘉庚先生创办的，是全国重点综合性大学之一，环境优美，东边面临台湾海峡，一幢幢的古雅建筑群，浮凸在郁郁葱葱的树海中。我们的男生宿舍就是坐落在凤凰木"拥抱"中——芙蓉楼下。当年的宿舍每间有4架粗笨的双层木床和4张旧书桌，占去了房间百分之八九十的面积。我是睡在靠窗户的上铺位，往窗外探望，树影扶疏，十分惬意。

一天中午，我正躺在床上看书，却来了几位"不速之客"。整个寝室只剩下我一个人，我只好热情接待："找谁？"只见他们笑笑。其中一位圆头光顶的问："生活习惯吗？"虽然他湖北口音很重，但我还是听得懂的。而同来的一位年轻人，怕我听不懂，便像当翻译似的说："校长是问，生活习惯吗？"一听是校长，我本能地站得很直，紧张得有点口吃答："校长，习……惯！"这是我首次见到经济学家——王亚南校长的情景。

我们的宿舍离教室较远，中间隔着一大片学校的实验田，连接这两点是一条直线——红土小石路。每天我们要往返几趟。我喜欢边走边背古典诗词，边记外语单词，有时也喜欢与同伴一起嬉戏，谈些系里系外的"小道消息"！

教学楼很别致，墙壁都是花岗岩石块迭成的，坚固得很，恐怕12级台风也刮不倒。屋顶与屋檐，两头都尖尖翘起，精巧美观，好像古代的宫殿。我们坐在这样的教室里，海风吹来，凉爽舒适，胜似坐在冷气设备的教室里。大学每天上课时间不太多，一般都是4节课，有时两节课，最多不超过6节课。学校是提倡全面发展，争做科科得5分的三好学生。但实际上，一个系里有几个这样的"尖子"呢？

我是属于偏科发展的"坏"学生。对于文学基本理论、中国古代诗歌、中国古典文学、中国现代文学等课，很注意听，很用心作笔记。而对于政治经济学、俄语等课，经常开小差。尤其上政治经济学课，是与外语系学生合上大课。我往往坐在最后一排偷看小说。有时也偷写小说。记得我那篇《展翅飞向光明》的短篇小说，就在听课中"偷"写的。结果短篇小说在系刊《鼓浪》征文比赛中获奖了，而政治经济学却补考了。这是对我人生一次有趣的"嘲弄"。

可能由于我喜欢写点东西，上大学二年级便被系刊《鼓浪》聘为编辑。当时的主编是刘再复，编委共有 12 名。现在还有联系的，即中国社会科学文学研究所原所长、研究员、《文学评论》主编、现任美国科罗拉多大学客席研究教授刘再复，香港诗人、《文学报》主编张诗剑，中国散文家、厦门作家协会主席陈慧瑛，《福建论坛》杂志社副总编包恒新，厦门大学中文系教授林兴宅等。

对于写作课，我是很重视的，觉得读中文系，就要练好手中的笔，如果手中的笔不会写，哪能配得上中文系呢？于是对于写作课中各种文体，喜欢学习，喜欢研究。但也有叫我乏味的东西，就是每上完一种文体，老师总要让学生依样画葫芦写一篇符合基本写法的文章。这有时实在叫我感到头痛，因为肚子里明明没有那方面的"料"硬要挤出来，结果全是一些没有真情实感的"水"，交了"卷"后，也就弃之脑中的纸篓了。

自学时间，我总喜欢"潜"在图书馆里。在那里可以一坐就是地球自转半圈。我在那知识的海洋里探取不少知识的宝藏。

有一次，我在课堂上读了《诗经》的《芣苢》。诗一开头，就是"采采芣苢，薄言采之"。看了注释："芣苢，植物名，即车前子。"对于车前子，我倒熟悉，小时在泰国，跟父母在曼谷市郊——老韭菜园一带种过草药。因此，既种过也采过车前子。自然一联系起来，则套了原诗句："采采芣苢，吾亦采之"。同时，对"芣苢"能入诗，也觉得很新奇。到了图书馆翻阅《数据索引》一类的目录，不禁吃了一惊：前人的学者也有不少钻此"牛角尖"，写出了不少考证的论文。我便拾摭同者，辨其异者，结合自己的亲身经历，撰写了《芣苢释考》，不久便在系刊发表。这可算是我第一篇"牛角尖"的学术论文。

好静不好动，也许这是我的秉性。对于上体育课，如单双杠、跳高、跳远、投枪等，我都是应付过关。唯有游泳颇用劲。因为老师教游泳，往往把学生带到建南大会堂前面的海边，临海指导。在海中学游泳，浮力大，吃了几口咸咸的海水，便能与海浪搏斗了。如今我还会自由泳、蛙泳、仰泳等，都是在那个时期学来的。有一年，学校举行运动会，我"破例"报名参加50米自由泳，由于事先没有在游泳池里试游过，加上"比赛"紧张心理，一跳入游泳池，老是游得不直，几次"冲"到边线，结果到达目的地，一看，参赛的健儿们，多数都上岸了。我很害羞，恨不得一头钻进水里去。幸好回头一看，还有一个在我后头，这时才有勇气爬上岸。从此以后，我就再没参加任何一项运动比赛了。

当年在学时，海峡两岸的局势很紧张，经常听到隆隆的炮声。学校把男生武装起来，不管春夏秋冬，也不管刮风下雨，夜里组织巡逻。当时的口号："保卫母校，保卫祖国！"

我也曾荷枪实弹到海边站岗。一般都是站在沿岸的高大马尾松树下，以树干隐蔽自己的身躯，枪口对着涛涛的海浪，严防"水鬼"上岸或潜逃。说实在的，倘真的遇到"水鬼"，我手上的枪不知能扣响否？幸好我值班之夜，都平安无事。

在离学校不远的地方，有一胡里山炮台。我与同学到炮台下远眺，一见到在一衣带水两岸之间，漂浮着两个小岛——大担、二担。同学总爱顺嘴喊："解放台湾！"但从我心底里还是想："最好在两岸间架一座和平统一的桥梁！"

走出校门，更珍惜母校给予我的"昨天"。"昨天"的大学时代不可能是"何日君再来"了！但我却可把它折成记忆的小船，永远飘荡在我思念的心湖里。

选自《凤凰树下——我的厦大学生时代》，厦门大学出版社，2006年3月版。

在那走过的小路上

一生中总有几个驿站，大学时代是我终生难忘的青春驿站。

1962 年，当凤凰花盛开的 9 月，我从厦门一中，挑着沉重的行李，跨进了梦寐以求的心中圣堂——厦门大学。佩上厦大校徽，望着明朗的天空，我高兴得似乎要飞起来。

转眼间，一个甲子过去了。2002 年 4 月 13 日我参加在厦门大学召开的第五届东南亚华文文学研讨会。会上见到我的老师庄钟庆、陈育伦、蔡师仁，还有我的老同学陈慧瑛。在紧握手时的一刹那，虽然觉得彼此都老了，当年的青丝都变白发了，但还来不及叹息，却被一种重逢喜悦的浪潮冲击着整个胸怀，心境一下子变得年轻起来，仿佛回到当年学生时代的你我他。

第二天傍晚，原班主任陈育伦老师和我肩并肩在校园散步。他指着远处一幢红砖绿瓦的四层楼说："那是芙蓉楼，是你们当年中文系男学生宿舍。"我望着那宿舍，眼前立刻浮现一条小路，便问："老师，当年那条小路呢？"他指着芙蓉湖周围的校园说："当年这一带都是田地，小路就从这里经过。"

我随着他的手指，记忆像时光倒流，重新回到学生时代。当年我班有39位同学，其中有5位女同学。男同学住在芙蓉楼二，女同学住在丰庭楼。每天我们要到敬贤楼、群贤楼等上课。从学生宿舍到教学楼约五六百米远，连接之间的"两点"，是一条红土小石路。此路只能步行，或骑自行车，穿过畦畦菜园和成片稻田。从远处眺望，好像一条横卧在绿浪上的长堤。尤其那路两旁株株垂柳，随着台湾海峡吹来的海风，有节奏地摆动，犹如男女大学生欢乐地跳起《青春圆舞曲》。

每天，我们总要在这条路上往返走两三趟。清晨，我们抱着书本去上课，总喜欢边走边背外语单词，背古典诗词。烈日，我们把书本当遮阳伞。下雨，我们撑着雨伞，裤管却粘着点点的红泥浆。要是和知心的同学走时，每每喜欢打听某某同学爱情的"内幕"。一旦得到什么"秘密"，往往不过夜，在宿舍里熄灯时作小广播，还加油加醋，编织一支支甜蜜而有趣的爱情曲。要是和老师走时，若遇到考试，往往喜欢削尖脑袋，从老师口中"套"出考题来。

我和班主任滔滔不绝述说着当年发生在那小路上的一些往事。班主任听了不时地微笑，点头，插话，发问，补充。似乎此时此刻班主任才真正摸到当年班上学生的真正"思想"。

我还谈到当年在这条小路上，经常见到彭伯山老师，孤独地低着头走路，学生不敢跟他打招呼，他也不敢正面看学生一眼。据说，彭伯山老师是鲁迅的学生，原是上海市委宣传部长，因与胡风有交谊而受批判，被贬之后，专事著书立说，调到厦门大学执教中国现代文学课程。他的"历史档案"在同学间流传着，议论着。有人看贬他，有人同情他，有人赞许他。

我不知属哪一种？每当见到他，总要留心看他几眼，甚至有时在猜想他内心在想什么。比如傍晚他喜欢独自静静地站在柳树旁，像一棵无风的垂柳，背向小路，面朝落日的田野，无言以对。我就会猜想此刻他也许正像鲁迅笔下祥林嫂那样，唠唠叨叨向夕阳诉说自己人生不幸的遭遇，而夕阳也不愿再听，匆匆地走了。有时还会猜想他正在默诵泰戈尔那句话："凡是永恒的，纵使今天被埋没，总有一天重放光彩"的名言。

我问班主任：彭老师不知如今还健在否？班主任很沉重地说："彭老师后来虽得到平反，但人已走了。"

说着，班主任与我不约而同低下头来，仿佛向彭老师默哀！致敬！

我俩谈到曾走过这小路的一些著名作家、诗人、评论家、语言学家，如鲁迅、林语堂、虞愚、徐怀中、余光中、刘再复等；还谈到教过我班的郑朝宗、庄钟庆、蔡厚示、蔡师仁、陈敦仁、陈育伦、许怀中、许栋梁、攀挺岳、万近平、周祖譔、应锦囊、芮鹤九等老师。也谈到我班的同学，如陈慧瑛、陈日升、林金龙、潘文森、杨丽春、罗锦兰、李秀治等。班主任很高兴地说："我们班也出了人才，这次收入《厦门大学知名校友传略》的，中文系有 101名，我班就占有 4 名：陈慧瑛、杜振醉、潘文森，还有你。"

我不好意思地说："老师，我是滥竽充数的。"

老师好像没有听到似的，脸上笑得像挂个太阳。

此时，我才领悟到罗宾逊那句"伟大的教师总是以超过他的学生的数量来衡量的"名言的蕴涵。

我俩在美丽校园上走着，经过集美、囊萤、映雪诸楼，走过演武场，穿过竹林，越过拱桥，来到澄碧的芙蓉湖畔，向东岸眺望，一座中国一流跨世纪校园建筑——嘉庚楼群凸现眼前，其雄伟壮丽，令人赞叹不已。尤其中间那座高达 21 层楼的"颂恩楼"，气势磅礴，承接苍天大气，凝结了嘉庚楼群的全部精神。

我凝视着颂恩楼顶上那富有浓厚闽南建筑色彩的不锈钢屋脊,仿佛觉得:那是"会当击水三千里"的鲲鹏,正朝着"国内外知名的高水平大学"的天空展翅翱翔。

我指着告诉班主任:"这座最高的颂恩楼是我们泰国丁蔡悦诗大姐捐建的。"——实际上我不必说,班主任早就知道——班主任说:"这座大楼属厦门十大建筑之一,是嘉庚精神又一大闪光。"

听了,我不禁为厦大泰国校友出了一位受人尊敬和赞颂的蔡大姐而感到自豪,脸上沾光。

我和班主任边谈边走着,许多"旧迹"在记忆里翻新,许多未来"奇迹"在眼前展现……

选自《南强情怀》,厦门大学出版社,2012年3月版。

距　离

刚接到孩子挂来的电话，说正月初一要接爸妈到华欣海边去玩。

妈妈皱着眉头说："华欣已去过几趟了，那里没什么好玩。"

爸爸也觉得那里的海水，现在不比以前那么干净了，游人又太多，去过几趟了，也的确没多大意思；但考虑到，自孩子大学毕业后，当了医生，白天工作忙，晚上又常要值夜班，很难有机会见面。因此，也想，借此机会，既可享受天伦之乐，又可谈谈天，增加感情，摸摸孩子的现今脑子里的世界。

不料这想法一说出来，惹得老伴笑了起来："哈！孩子是我生的，他肚子里几条虫，我也知道。只要他一举一动，我就知道他想的是什么！"

"不错，过去你很了解他，现在你就不一定了解。"

这话也许说得有理，老伴也便迁就了。

那天，他们一家三口，一早便出发了。

在宽广而笔直的公路上，孩子驾的车，如风似电，把路上的汽车一辆辆抛在后面。

妈妈的心弦绷得很紧，嗓音发颤地说："孩子，过去你驶车哪有这么快？"爸爸似也有所觉察，目光投到速度盘的指针上，不禁一怔："哟！ 120。"

"孩子，开慢点，太快很危险！"

"爸爸，这样宽又直的路，120不算快呀！"

"孩子，100就可以了。"

"爸爸，车开太慢了也危险。"

"为什么？"

"会被撞到车屁股的！"

父子沉默，只有妈妈的眉头皱得老高："孩子，你就开慢一点吧！"

但孩子似乎没听到，指针依然指着120。妈妈捅着他的老伴嘀咕："看你的孩子，怎么变得那么不听话了。"

爸爸也无可奈何，只有叹着气直摇头。

孩子把音响扭得很大。

不远的前面有红绿灯，孩子驾的车放慢速度。不料前头有辆超速的轿车冲着红灯飞来，顿时在十字路口上撞到另一辆向右拐的轿车的尾部。那部飞来车失控，霎时"飞"得老高，好像飞过他们所坐的车的顶部。这突如其来的车祸，几乎把他们吓傻了。

谁知孩子迅速把车停在路旁，打开车门，飞快跑去看那辆肇祸的车。

爸爸愕然："怎么了？我们的车被撞到了吗？"

妈妈的脸色还未复原："刚才把我吓死了，那车好像从头顶上飞过。"

爸爸出来看看自己的车，一点"伤痕"都没有，便有点埋怨孩子多管闲事。妈妈扭过脸，对着车后的玻璃："这孩子真不懂事，要去看什么热闹？"凭他俩的经验：像这种情况，自己没事，最好马上开车走。于是，他俩认为孩子还是"碟子里扎猛子——不知深浅"，很有必要教训一下。

一会儿，孩子满手沾着烂泥巴回来了。

妈妈大吃一惊，急得口吃地问："怎么？弄成这个样子？"

"妈妈，我跑去救人。"

"救人？"

"刚才那辆出事的车，翻到泥沟里去。我去帮把车门打开，把人拖出来。哈，还活着，还会说话呢！"孩子显得很高兴。

"孩子，像这样的事，你何必去管呢？"

"妈妈……"

"孩子，像这样的事，是警察管的事！"

"爸！您……"孩子很不理解地瞪大眼睛，"爸妈，我是一名医生，遇到这样的交通事故，如果伤势严重的话，我还可帮助抢救！"孩子见爸妈没回声，继续说："爸妈，你们不是常说'救人一命，胜造七级浮屠'吗？"

"……"在此时，作为父母的，本该在孩子

肩上拍一下："孩子，你做得对！"但他们不愿意这样做，只放在心底，认为这样在孩子的面前，既能维护做父母的"尊严"，又不会使孩子"风筝点火——飘飘然（燃）"起来。

到达华欣，走进孩子预定的一家宾馆。一看，又惊呆了妈妈。前面是大海，宾馆又有两个清澈见底的游泳池。池旁撑的太阳伞下，躺露着数位只遮掩住"岭上双梅"与"方寸地"的红毛肥女人。

"像这样的旅馆，住一夜要多少钱？"妈妈拉着孩子的手小声问。

"1800！"

"哟，1800！"妈妈似乎不相信自己的耳朵，认为1800铢，够她一个月的柴米油盐费了。

作爸爸的虽然嘴上不说，但心里也嘀咕着："国家经济面临危机，赚钱困难，该省也得省呀！"

谁知孩子也有他的一套道理，认为医生平时很忙，只会赚钱，没有时间花钱，久久出来一趟，住好吃好也没问题。

　　吃中午饭时，孩子的手提电话响了。一会儿，孩子走到餐厅门口，笑嘻嘻带来一位年轻俏丽的姑娘："爸，妈，这是我的好朋友。"

　　那姑娘也合十跟着叫"爸妈"。

　　这突然而至的"亮相"，又叫爸妈傻了眼。是"好朋友"还是"恋人"？虽然爸妈是过来人，但也无法猜透。

　　妈妈觉得，这姑娘眉目还清秀，就是皮肤略黑点，恐怕她不是华裔子女。

　　爸爸觉得，这姑娘长得还挺秀丽，如果是搞同行的，那就好了。

　　由于是初次见面，不好意思启齿盘问。只见他俩如胶似漆，感情融洽，谈得很投机，谈得颇甜蜜，似乎把自己的爸妈搁在一边了。

　　见到此时此景，作爸妈的也引起"联想"。妈妈想起当年与孩子的爸爸谈恋爱时，坐在一起还怕人家看到。爸爸想起当年与孩子的妈妈谈恋爱时，讲话总结结巴巴，语无伦次。

　　饭后，那姑娘说声"拜拜"就走了。

　　妈妈忙问："孩子，那姑娘是不是华裔？"

爸爸忙问："孩子，那姑娘是不是同行？"

孩子笑答："她是泰国人，是中学同班同学。"

"孩子，你喜欢她吗？""孩子，你了解她吗？"

爸妈这两"问"倒叫孩子莫名其妙："爸妈，你们说些什么呀？她已结婚，并且已有了一个孩子了。"

爸妈此时似乎才发觉：他们还用老眼光来看现代的青年男女。

傍晚，太阳还没有下山。孩子穿着短裤子说要到海边游泳去。

爸妈跟着到海边散步，一看：哟！孩子约着一群朋友，有男有女，都穿着游泳衣裤，嘻嘻哈哈扑向大海，翻滚在奔腾的大浪中。妈妈有些心惊，举手高喊："孩子，小心，海水深，海浪大，不要游得太远！"爸爸却望着时沉时浮的孩子身影，如海中的飞鱼。他摸着下巴，脸上荡起海潮般的笑纹，心中浮起歌德在《赫尔曼与多梦西》中的一句话："我们不能按照自己的观念塑造孩子；我们必须爱他们，任他们的天性自然发展。"

选自曾心著《心追那钟声》，泰华文学出版社，1999年6月版。

倩影铃声

正当我要熄灯入睡时，电话铃响了。听声音却猜不出她是谁。听了她铃声般的自我介绍，脑子才渐渐明晰：原来她是我30几年前大学同班同学的女儿——陈倩。她没参加旅游团，自己单身来泰。下午5点，刚从香港到曼谷。现住湄江酒店201号房，约我明天10点去找她，因为她父亲陈仲托带一件礼物送给我。

说真的，在湄南河畔，我接待异国他乡的同学，倒是经常的事，而接待同学的第二代，还是头一遭呀！

我提早20分钟到达，敲了房门，没人在。我嘀咕着："怎么搞的？现在的年轻人，太不遵守时间了！"于是悒悒不乐下楼来，坐在沙发上等她。

时间一分一秒地过去，我不时看着手表，自忖："如果过了时间，她还不回来，我就得不客气地走了。"

不料手表的指针刚刚指着 10 点正，大门口的弹簧门推开了，急急忙忙走进一位俏姑娘，穿着淡蓝横纹的 T 恤衫和一条浅桃红及膝的贴身裙子，鼻梁上架着一副金丝边的眼镜，皮肤白嫩，似一块玲珑剔透的汉白玉，额上的几缕飘疏的刘海，散发出少女的青春与气质。

她低头看着手表。我抬头望着她："可能就是她！"我想趋前先向她打招呼，但又有点怕认错人。

谁知，前面传来铃般的叫声："叔叔，我是陈仲的女儿啊！"哎！你看，她多大胆，主动先向我打招呼了。

"哦！你怎么认识我呢？"我惊奇地问。

"我来前，看了叔叔与爸爸毕业时的合影。"她闪动着那双聪明伶俐的黑眼睛说。

"过去照的，与现在的人，怎么会一样？"

她"嘻"的一声笑出来："脸型是会变老

了，但叔叔，你的耳朵、鼻子和眼睛还没变呀！"

"小精灵鬼！"我差点要"笑骂"出声来。

只见她脖子一缩，白润秀丽的脸蛋泛起了不好意思的红晕。

在房间里，我们坐谈片刻，知道她今年才刚刚大学毕业。我问她学的是什么专业。

"电脑专业。"她作着击电脑键盘的手势说。

"怪不得一见面，我就觉得你有电脑时间和电脑认人的眼力。"我半开玩笑说。

"哦，是这样吗！"她天真地眉睫一挑，嘴角边荡起两个甜甜的笑涡，微微露出整齐洁白的牙齿来。

第二天，她要我带她去拜四面佛。由于那里没停车场，加上我有事务要办，只载她到那里，便递给她一张名片。我还未及开口，她接过名片，眸子机灵地一动，像电脑反映那样灵敏，立即"心领神会"，举手向我"拜拜"，转身忽闪地走了。

那晚，电灯初亮，还不见她回来，我心里

有些焦急，走出门口翘望，"噢！她回来了！"
令我吃惊的，她不是雇"的士"而是乘公共汽车
回来了。

"叔叔，今天我找到一个很好玩的地方！"
她还未进门口就高兴地说。

"什么地方？"

"水门，那里简直是个女人世界！"

"哦！女人世界，这句话倒很新鲜。"我心
想。

"叔叔，女人最喜欢的，就是买衣服。"她
从手上的提袋拿出一袭缀以淡彩缤纷的立体小
花及叶子的连衣裙说，"这件东西，质地好，做
工精细，价格也比香港便宜。"

"真的吗？"我诧异地问。在我记忆里，泰
国人总喜欢跑到香港买衣服！奇怪，她却来泰
国买衣服。

"真的，今天我在那里逛了一天，普遍了解
了成衣的价格，觉得都比香港便宜。"

"为什么？"

"可能是泰国劳力比香港劳力便宜。"

哈！她讲得也有几分道理，不愧为学电脑的，刚刚大学毕业就有点经济头脑。我暗中赞许她。

她回眸一笑："叔叔，我明天还想再去一趟。"

"你是要来泰国旅游，还是来逛市场的？"

只见她又飞来一个青春焕发的笑脸："叔叔，逛市场既好玩，也可学到许多东西呀！"

究竟她学到什么东西，我没有去深入"调查"，只觉得这位"学生妹"的旅游，颇有点意思。

于是，我问："你到市场能学到什么东西？"

她说："到市场了解经济行情嘛！"

"你家是搞房地产的，怎不帮家里做生意呢？"

"不！我们香港人就是这样，孩子毕业了，父母就要让孩子自己去创业！"

"哦！是这样？！"我为之愕然。

她坦然一笑，似朵玫瑰花。

一天傍晚，我准备请她吃西餐，她却主动

提出："我们去吃泰餐好吗？"

"泰餐？"我吃惊地问。

她抿嘴笑："到泰国就得尝尝正宗的泰国菜！"

"辣的，你敢吃吗？"

她点点头。

"酸的，你敢吃吗？"

她点点头。

"生的，你敢吃吗？"

她像小孩子一样吐出一条红红的舌头来。

我们对坐着吃。她好奇地每样菜都先试一口。试完最后一道菜，夹着一条生菜豆，"嘻嘻"地笑，迟迟不敢送进嘴巴去。我也觉得好笑，看她那想试又不敢试的"憨态"，便给她做了个"吃生"的示范。

"叔叔，吃生的，肚子不痛吗？"她微笑睨视问。

当然，对一个没吃过"生"东西的人，我怎么敢保证不痛呢！我在犹豫间，只见她笑吃吃地把那条生菜豆慢慢送进嘴边，轻轻地咬一口：

"嗯，还蛮可口呢！"

片刻，她又转动那双似一汪清水的眼睛笑吟吟地问："泰国菜有什么特点呢？"

"你说呢？"我反问她。

"要我说吗？"她把筷子指着桌上的菜色，像键盘跳荡的旋律地说，"那就是酸、辣、甜、生！"

"嗯！嗯！"我点头表示同意她的看法。

她口里咬着菜说："泰国菜好吃，没有大鱼大肉，不油腻，吃了不长胖。"

我看她吃得那样津津有味，故意挑逗说："可不要走啦，当个泰国人好了！"

她那双水灵灵的黑眼睛一闪，忙摆着手说："不行！不行！"

"为什么？"我瞟她一眼问。

"我不懂泰文和泰话呀！"她回答得多么认真。

我觉得好笑，她似乎把我的话当真了。

一个星期天，我带她去参观玉佛寺，她非常高兴，拍了许多照片，如雄浑的大王宫和宫内的玉佛寺；金色佛塔的尖顶，屋檐下的铃铛，泰国传说的鸟中之王——大鹏鸟；中国古代文臣武将的石雕像等。进到玉佛大殿，她虔诚地合十膜拜，好像默念祈求什么似的。也许她在祈求未来能设计出新的电脑软件，或许在祈求找到心中的白马王子……

回来时，在车上她不禁赞叹："大王宫真美，今天，我照了许多相片，想拿回去给爸爸妈妈看，叫他们明年也来玩一玩。"也许她由于太激动，还是太粗心，在倒换底片时，她突然像电脑机出事故似的惊叫："哎哟！那么美的风景全曝光了！"她那双精灵的眸子顿时似失去了光芒。

我安慰说："明天再去拍几张！"

她勉强一笑说："不用啦！那里的风景，我都印在头脑里了。"

"你脑里有电脑软片吗？"我故意戏弄说。

她含嗔似的一笑说："叔叔！有电脑软片也没用，有架录像机最好！"

回港前，我送她一个精巧的风铃。她笑眯

眯，耸耳细听那悦耳的叮当声，喜不自禁说：
"听了这声音，就像听到玉佛寺里的风铃声。我
要把它吊在电脑机旁，伴我的击键声叮当响。"

这句话，我听来颇有诗意。她走后，我便
写了首诗放在抽屉里，不知要寄给她否？

从香江来的倩影，

带去了湄江的风铃。

倩影，

留在我的心窝里。

铃声，

荡在你的电脑键盘里。

在风里，

在夜里，

我仿佛听到远处隐隐飘来，

既似击键声，

又似风铃声。

急骤时，

似青春圆舞曲；

迟缓时，

如袅袅的梵音，

不急不缓时，

似你稳步迈入社会的跫音……

选自司马攻主编的东南亚华文文学大系《曾心文集》（泰国卷），鹭江出版社，1998 年 4 月版。

百　鹤　图

　　在我家的客厅里，张挂着一幅装潢精美的百鹤图。这幅百鹤图，其长近 3 尺，宽只有半尺余，宛然一帧横条幅，图面题字："百鹤百寿长乐永康"。

　　在这不大的图面中，竟聚拢了 100 只形态不同的鹤。其体羽大部白色，颈及喉、颊暗褐近黑，部分飞羽黑色，疑是鹤中之珍品——丹顶鹤。

　　这群鹤，好像刚刚从黑龙江飞到长江下游来过冬似的。在那一片茫茫的河滩上，有的展翅起舞，有的亭亭梳羽，有的引颈望天，有的悠悠觅食……好一幅如欧阳修在《鹤》中所写的"万里秋风天外意，日斜闲啄岸边苔"的清幽闲逸的图景。

　　凡是亲朋戚友看了这帧百鹤图，无不赞口称美。此时，我往往会忘乎所以地拿出相簿来，翻出我亲自拍照的几张珍贵的相片，高兴地指着说："这百鹤图是呈献给泰王的！"他们争着看相片，都不禁大吃一惊："果然是真的！"

　　"当然是真的！"我指着相片中的一位老人说，"这是郎静山先生献给皇上的。献给的是正品，我这幅是翻印品。"

　　他们都以羡慕的眼光说："翻印品也弥足珍贵！"

　　是呀！提起"百鹤图"，我不禁想起1994年3月4日。

　　那天，我们陪以晓雪诗人为团长的云南作家代表团，参加崇圣大学开幕典礼。尽管那天中午，炎日似火烧，但在那绿茵茵的草坪上已坐满学生。长廊与大礼堂前的贵宾已济济一堂。我们在入口处签名，并领了纪念册与纪念品，然后缓步走进长廊中。偶然，在长廊的另一角，见到一群穿西装与国服的贵宾，"争"着与一位穿黑长衫老人合影。

我不禁愣住，觉得现今已进入了 20 世纪 90 年代，居然还有人穿着中国三四十年代的长衫，是件咄咄怪事。如果照时装"莱佛定律"，"穿 50 年前流行的服装——古怪"的说法，那他的确是个"古怪"的人了。不知是他穿着那"古怪"的服装，还是位赫赫有名人物，竟然成为一时最抢镜头的"明星"，给人有一种"卓卓如野鹤之在鸡群"之感。

"他是谁？"

"他是郎静山先生！"知名摄影家陈达瑜笑答。

"哦！他就是台湾著名摄影大师郎老吗？"

"是的！"

"今年多大岁了"？

"103 岁！"

顿时，我觉得实在有缘，能在这里亲眼见到这位国际知名的摄影大师。

于是，我们与云南作家代表团也排成"一"字形，邀请郎老一起合影留念。

郎老站在中间，挺直腰板，眼睛瞪得圆圆，

脸孔清瘦，略带淡淡的笑容。乍看，精神还矍铄；但细看，不免已是老态龙钟了。

我望着他的瘦矮的身影，觉得像他这样一个跨世纪的老人，不必戴眼镜，不必拄拐杖，还能轻快地行走，的确是个奇迹。

在国王驾临开学典礼的庄严隆重的仪式上，说来也真巧，在坐满上千人的大礼堂里，我们的座位竟离郎老五六排远。他坐在前排第一号上，与季羡林教授坐在一起。在金碧辉煌的灯光下，我见到他的背后，露出坐椅上的部分黑色长衫，闪着小小的白星点。

他不知疲劳地从下午两点半至四点半，静静地坐着，静静地看着，静静地听着，似乎没有与旁人交头接耳过。他的整个心思仿佛完全融入泰王驾临开学典礼这个富有历史意义的"镜头"中；又好像在构思如何把这珍贵的"镜头"摄成一幅幅的作品，拟出版一册大型的《集锦摄影》的续集似的。

揭幕典礼之后，国王陛下在郑午楼博士的陪同下，参观了该校的中国文化中心。我也信步来到中心大厅门口。哈！又是一个偶然的巧合。

在门口的右边，在一张覆盖着一块深蓝色的塑料布的长桌的旁边，坐着两个白发苍苍的老人。一个是近"杖朝之年"的香港著名画家饶宗颐先生；一个就是已逾"期颐之年"的郎静山先生。或许他们是故知，或许是师生，之间谈得很投机，不时比划着手势。"咔嚓"一声，我拍下两个时代老人倾诉心曲的珍贵镜头。

此时，周围没有其他贵宾，我征得郎老的陪同者的点头同意，站在郎老的左身旁，单独与郎老合影。只见郎老的黑长衫笔挺。他伸直腰板，端端正正地坐着，有点像在照标准相的坐姿似的。

闲聊间，我偶尔发现郎老的两个耳朵，又大又长，几乎比一般人要大出半个来。心想：相书说："耳厚而坚，耸而长皆寿相也。"也许这是郎老高寿的先天的原因，而后天的原因又是什么呢？

我正要发问，恰好在旁的一位贵宾虾似的躬下腰问："郎老，平时你吃什么东西，才能这样高寿？"

郎老风趣地答："两脚的东西不吃，四脚的东西不吃，天上的东西不吃，海里的东西不吃。"

我一听，便起了疑心："这么多东西不吃还了得？"

郎老的陪同者，立即笑而作了解释："两脚东西不吃，是指人不吃；四脚东西不吃，是指桌子不吃；天上的东西不吃，是指飞机不吃；海里的东西不吃，是指潜水艇不吃。意思是说什么都吃。"

哦！我明白了，郎老所说的那句话，几像戏剧家莎士比亚所说的"一个老年人是第二次做婴孩"所喜说的"调皮话"。

我望着桌上放着两件精美的盒子，都是用镀金的高脚圆盘托放着，显得弥足珍贵。

我迟疑，不便马上动问。

不料，却有个知内情的摄影家悄悄告诉我："两个盒子，长的是装着饶老的国画，短的是装着郎老的百鹤图。他们都坐在这里，等皇上参观出来，亲自呈献给皇上的！"

哦！他们两个翘然出众的老人，坐在这里等待又等待，原来他俩正在等待一个伟大时刻的到来。

据说，郎老30几年前，来泰开展个人摄影展览时，就很想晋见泰王陛下。如今这一夙愿终于即将实现了。

郎老等待逾半个甲子的伟大时刻终于来了！在郑午楼博士的陪同下，泰王陛下徐徐从中国文化中心走出来啦！

郎老马上用手弹整身上穿着的那件闪着白星点的黑长衫，站起来，双手紧紧托着那个有花纹的精美黄盒子，两眼炯炯有神，银发丝丝颤动，胸脯一起一伏，完全沉浸在幸福的激情中。

我想往旁站，不料在郑博士身边有个位子，保安人员以为我是记者，示意我可站到那个位子来。哈！这下子，我与皇上只隔着郑博士了。

泰王陛下接过百鹤图，舒展开图卷，看后微笑赞道："很美！"接着又问，此图是怎样做的？

郎静山激动地说："是从我多年拍摄的400多只鹤中，选出100只，在我100岁时，剪贴而成的。"

"百鹤，表示什么意思？"皇上又问。

"百鹤，象征健康长寿！"郎老恭恭敬敬地答。

这时，有人向皇上介绍郎老已 103 岁了。

皇上笑而又问："吃什么东西能这样长寿？"

郎老又恭恭敬敬地答："什么东西都吃！"

皇上点头，微笑。

郎老激动得不能自已。我连续拍了近 10 张相片，想把每个细节都变成珍贵的历史镜头，让它永远珍藏在自己的相簿里，永远留在自己的心灵里。

那天，我偶尔对郎静山的好友陈达瑜先生表示对"百鹤图"很欣赏。真没想到，过不了多久，他却把家里仅存的一张"百鹤图"的翻印品转赠给我。此种情谊，深深地埋藏在我的心底。

时间一晃已经一年余，不幸郎静山先生于今年 5 月 13 日辞世了。从唁电获悉：郎静山生于 1891 年，享年 104 岁。浙江兰溪县人。1928 年应聘担任上海时报摄影记者，首开中国报社专设摄影记者的先例，成为中国第一个摄影记者。1934年，他的第一幅集锦作品《春树奇峰》在英美展出，深获好评，稍后的《集锦摄影》进一步奠立郎静山在摄影史上的地位，并因而载誉国际摄影界，入选国际沙龙作品逾千，所获荣衔无数。

我望着他集锦的百鹤图而浮想：郎老归天时，是不是依然穿着那件心爱的黑长衫，驾着似百鹤图中那只最矫健的"仙鹤"，离开地球，慢悠悠向西天飞去的呢？

每当我与亲戚朋友欣赏这幅挂在墙上的百鹤图时，总要想起我见到郎老的那一天，也不禁想起雨果在《悼念乔治·桑》中的一句话：

"劳动者离去了，但他的劳动成果留了下来。"

选自司马攻主编的东南亚华文文学大系《曾心文集》（泰国卷），鹭江出版社，1998年4月版。

泼　　水

往年宋干节，我总喜欢躲在家里看书，看电视，或写点东西，静静地度过这个节日。

今年宋干节前夕，本想约几位老友在节日到家里小聚，不料他们全属"无车阶级"，故都怕路上被泼水，而一一谢绝了。

对于被泼水之事，我倒好几年没领略它的滋味了。

4月13日，天刚蒙蒙亮，我帮老伴拿着敬奉僧侣的饭菜、水果和鲜花到巷口，只见一个身披黄色袈裟，手托化缘钵，赤着脚的僧人慢慢走来。老伴便恭恭敬敬地趋前奉上供品。

也许还早，爱玩泼水的"大军"还在睡梦中，街道上，马路中显得空荡荡，清静得很！心想，如果曼谷的早晨平时也如是可爱，那不必挨塞车之苦，该多好呀！霎时，我好像从心底哼出了一支《早安！曼谷》的晨曲。

上午 10 时左右，在我家附近的攀洛十字路口，突然锣鼓喧天，随着鞭炮声震天响，一条似龙似蛇的东西，在人群中腾空飞舞起来，旋即人山人海。只见一支节日游行队伍在人海中走来，前头的敞篷车上安置着一尊金光闪闪的铜佛，佛前盘腿坐着一位老和尚，手执着一把长刷子，不断蘸着圆钵里的"法水"，向人群洒泼。虔诚的善信都合十敬拜，主动欠身承受祝福。最引人注目的，还是那辆用玉兰花与茉莉花扎成图案的花车，上面坐着一位穿着古典服装的"美人儿"。据说是"宋干女神"。她笑容可掬，一手撑着似含苞初绽的小花伞，一手频频向群众招手。从她的手姿中，仿佛觉得她是在向群众洒鲜花、洒"圣水"，以示祝福呢！尾随的似长龙阵的群众队伍，有的穿着民族服装，有的围着纱笼，有的赤膊上阵……他们的身上不仅湿漉漉，而且头发、衣服、脸上都搽上白水粉，尤其那两颊、鼻梁尽是粉团，其模样就如潮州戏里的大花脸，看了令人发笑。他们边走，边跳喃旺舞，其动作之"狂欢"，其表情之"炽烈"，俨然与炎炎的夏日相融合，汇成腾腾的热浪，沸反盈天。

突然，我眼前出现一只手，往我脸上一搓，凉凉的，香喷喷的，这下子我虽没照镜子，但心中已有数：是个"白花脸"了。

我掏出手帕抹脸时，骤然又从背后泼来一瓢冷水。要是平时，谁肯呢，非扭住不可，当作侵犯"人权"。但今天是"泼水节"呀！泰国民间有句话："在泼水节的日子是没有旁观者的。"于是我既没"还击"，也没躲藏，乖乖笑脸相迎：一瓢瓢，一勺勺清水的"祝福"！

正当我在品尝这种民间的泼水滋味的时候，冷不防从正面射来一道水，打中我的眼睑，我还来不及看清楚，又从右边、左边，甚至后面射来一道道水，来势甚猛，射中时，也有一点痛。我睁眼一看，不禁吃了一惊：不好了，我已四面受"击"，他们手持都是"现代化武器"——塑料制成的各种玩具水枪，如手枪、机关枪、冲锋枪、坦克式发射枪，等等，一时我竟成为"射击对象"。于是，我不知所措，只好匆匆设法逃走。

俗话说："射箭要看靶子，弹琴要看听众。"我想：在泼水节的日子里，随着科学技术的发展，孩子们拿起"现代化武器"——各种水枪，互相射击，打起"水战"，也颇有"冲杀"的野趣，但用这种"现代化武器"来射击观众，射击那些手无"寸水"反击的游人，以此来博得一方的痛快与刺激，而给另一方尴尬与痛苦，甚至严重者还会损伤眼睛或水进耳朵，那就值得深思了。

回顾历史，虽然泼水形式不是一成不变的，最早是晚辈用鲜花蘸清水或者香水向长辈淋掌淋身，以表示致意和祝福，后转为在同辈人中洒水互泼，现在则已发展成为类似狂欢节的泼水活动了，将来也许还会再演变，但万变不离其宗——以微笑传达"泼水——祝福"的爱心。

也许有人说："今年出现的现代化武器——水枪，就是一种演变，一种发展。"当然从使用工具上，比用木桶、铁桶、脸盆等盛水先进了，但在先进技术中没有文明，把"泼"变为"射"，似觉渗入损人利己而单纯取乐的不文明意识，既见不到双方的微笑，更体现不出一点"泼水——祝福"的爱心，故完全失去民族风俗传统的情趣与意义了。

倘若从民族风俗的角度观之，我还是对那传统的"泼水——祝福"而献爱心十分眷恋！

比如那天下午，我到泰华作家协会。文友们正在闲聊时，进来两位年轻文友——诗雨与火华。她们拿来一瓶香粉水，放在桌上。我一看就悟出她们几分来意："是要给老作家洒水祝福吗？"她们有点腼腆说："是！"但看她们都是大姑娘，不敢"行动"。我便拿起香粉水，引她们到老作家面前："两位年轻人要向长辈们洒水祝福啦！"在座的吴佟、司马攻、梦莉、陈博文等资深作家都显得很高兴！首先是吴老伸出双手，作捧水状，乐呵呵地接受洒下的香水，之后依次一一进行。大家都把祝福的香粉水"泼"在自己的脸上、身上，登时，大家脸上都像朵花，整个房间充满着馥郁芬芳与欢乐的笑声。

　　对比之下，我觉得传统的"泼水——祝福"似乎更具有一种古典而文明之美。它"在想象里渗透一种内在的欣喜和满足"。在"欣喜和满足"中，体现泰国民族的温柔、淳朴与善良的人格，展现微笑的国度的风采。

　　是时候了，面对"现代化武器"——水枪的出现，我该为传统的"泼水——祝福"而献爱心唱首赞歌！

　　选自司马攻主编的东南亚华文文学大系《曾心文集》（泰国卷），鹭江出版社，1998年4月版。

放水灯三境

　　血液是流动的，水是流动的。我心中的水灯，随着流动的血液和流动的水，飘呀飘，飘过我的童年——中年——老年……

　　小时候，我生活在曼谷的郊外——老韭菜园，父母以种菜种草药为生。

　　我家菜园西边，有一条铁路，时有火车隆隆奔过。我的幼小心灵就像一只蹦蹦跳跳的小鹿，既喜欢大自然的原野，又时常抬起天真的头遐想——多想随着火车去看看农村以外的热闹世界。特别是雨季过后，河水高涨，一听到近处高脚屋的泰国人家播《放水灯》的歌，知道水灯节快来了，脑子则异想天开，巴望爸妈能带我们到湄南河畔，放盏闪闪流动的水灯。

　　幻想的水灯，总比现实的水灯漂亮。

　　当年在农村，爸妈家务繁重，靠着租来几莱耕地养活男女各半的一打孩子。一早爸爸就挑着菜和草药去卖，回来又挑着一担饲料；白天爸妈下地劳动，傍晚妈妈还要饲养鸡鸭；晚饭后，一家坐在矮凳上，围着一盏小油灯，把鲜菜与青草药扎成一小扎扎，以便一早赶集去。生活这样沉重，爸妈的脑海里，怎能会有这个充满民间神话的水灯节呢？我的童年到少年，都不曾到过湄南河放水灯，只有几回跟村童，用芭蕉叶摺叠成一只小船，插上几朵野花，小心翼翼地把它放入清澈而甜美的村边的小溪里。虽然没有燃着闪亮的香烛，却随着风声和我的口哨声，带走一个个天真浪漫的童梦。

　　后来，我家弃农经商，从农村迁移到城里，也不曾到湄南河畔放过水灯。然而，真没想到，1956 年，我自己竟成为一盏飘洋过海的水灯——相约几位同学，背着父母偷跑到中国读书。一去竟 27 年。等"飘"回来时，已是人到中年。

　　回来初期，沉重的生活担子压在我一个人

的肩上，身兼几种工作，忙得下知今夕是何年，哪月哪日是水灯节，我都忘了。等到购置新家，恰巧离湄南河只有两个车站远。不知有多少回，从广播声中听到《放水灯》的歌曲，心想该带妻儿到湄南河边放水灯。但是心想与现实还有一板之隔，有时等了妻子教书回来，孩子上学还没回来；有时等了孩子回来，妻子却没回来；有时自己又忙不开交，只好一次又一次"算了吧"！

一年，我儿子考上朱拉隆功大学医疗系，全家乐开怀，好像中了头彩，早早就约好今年无论如何要去放水灯。这次是我一生中到湄南河畔放的第一盏水灯。

那晚，我们在路边各选了一盏水灯。儿子看到我选的水灯是塑料材料做的，他说："爸，别买这种，它不腐烂，会造成河水污染。"我依了孩子，买了一盏蕉叶做成的水灯。我们放水灯的地点是在攀洛码头一带，对面是金光闪闪的玉佛寺，左边是帕宾诰大桥，右边是摩天的黎明寺，水波粼粼，烛光闪闪，千万盏水灯随着湄南之水南流而去，景色下行壮观。

我第一次托起水灯许了愿。经过坎坷人生的我，觉得今日宁静幸福的生活来之不易，我不敢再向皇天后土祈求什么，只把我一腔感激的恩情浓缩在小小的水灯里。于是，我屈膝蹲下身去，轻轻把水灯放飞，转眼间，就融入水灯群中去，分不清哪是你的他的我的……

妻子和孩子，也都各自默默许了心愿。许什么心愿？这是各自的自由和保密，谁都不曾过问谁。

往后，不知是各忙各的，还是各自已许了愿，似乎没有再去飘放水灯的欲望了，只有我偶尔陪大陆、台湾、香港和东南亚文友去过几次。其情景随着时间的流逝，也淡薄了。

步入晚境的我，每当水灯节来临，依然喜欢听那首《放水灯》的老歌，但再不想到湄南河边放水灯和观看水灯了。我喜欢独自在庭园的石头上盘腿而坐，心境宁静，眼前那块青青的草坪，仿佛变成碧绿的湖、蔚蓝的海。更奇妙的是，它似乎能无限延伸，延伸到泰海湾，延伸到五湖四海。啊，一条跨国界的不分肤色种族的大河在我眼前奔流。我轻轻地把心灵编织的水灯放飞，让它飞到我爱人人、人人爱我的地方，飞到那悬挂着古典的月亮、古典的星星的古老宇宙空间里。

以前，我总是很知足，从来不敢向皇天后土祈求什么，今年眼见天下如此不安宁——战争、绑架、禽流感、自然灾害连绵不断，我终于打定主意：向皇天后土祈求——世界吉祥与和平！

选自《春色满园——10 年散文选集》（2007—2016），留中大学出版社，2017 年 7 月版。

郑王庙随想录

我家距吞武里王庙不远，每每"有朋自远方来"，总爱带他们去朝拜这位在 200 多年前，曾勇敢承担国家命运的"英雄好汉"——郑信。也许由于他有龙的血脉，每当我与从龙国来的友人在瞻仰时，在对他产生高山仰止的心绪中，似乎多了一层"自家人"的亲切感！

郑王庙位于曼谷艾县越亚岑区，面临泰国的大河——湄南河。右邻原是郑王旧宫，现为海军堂校。其周围原属黎明寺，茂密的树叶几乎把低矮的郑王庙遮掩了；幸好庙前还有一块草坪与两座凉亭。倘若乘着快艇从这里经过，只有少数人，能在一刹那间，从正中央的偏右边见到郑王庙，而多数人往往把黎明寺当成郑王庙了。

在郑王庙的周围，有许多小摆摊，多数是卖些工艺品，如木雕、骨雕、藤器、风铃、郑王像等，还有三五成群穿着鲜艳古装的年轻姑娘，游客可与她们合影，也可请她们跳"那空舞""南旺舞"等。

郑王庙内较简朴，正中央有一座郑王铜像。郑王身着戎装，颈悬佛珠，头戴圆尖帽，左手握王剑，右手执权杖，英姿勃发。虔诚的游客，总在像前点香膜拜，或献上一朵莲花。

郑王庙与黎明寺，只有一墙之隔，许多游客，总把黎明寺当成郑王庙，甚至有人写了文章说："郑王庙里有一座郑王塔。"

其实黎明寺建于郑王庙之前。据说是建于大城王朝时期。是不是这样，那是历史学家的事。不过，这古老的佛寺，原名叫"越呒国洛"，后来由于郑王从大城至此，正好东方发白，他见到第一缕阳光最先照到该寺的塔顶，因此，在他登基后，不仅重修此寺，而且还赐名黎明寺。

世上的事情有时就这么"怪"，界限模糊了

似乎比清楚要好，就如郑王庙与黎明寺，一凭其巍峨，一凭其名声，相互映衬，相得益彰，竟成一个名闻遐迩的旅游景点。

从郑王庙的后门走出来，就见巍巍的黎明塔，因为它是由一座主塔与4座次塔所组成的塔群，给人一种"五岳之高，惟嵩峻极"的气势雄伟的感觉。

如果绕着塔群走一圈，可以从佛塔的浮雕上，见到许多富有泰国特色的民间神话的石雕，如紧那罗神将、紧那利女神、《拉玛坚》中的神猴……

站在主塔下，抬起头来，是见不到塔尖的，只有向后仰着身，举手遮住阳光，才能见到它全方位的高度与气势。这座79米高的塔，据说是柬埔寨式的佛塔，不是圆肚镀金，也不是尖尖瘦瘦的塔，而是由不同层面所组成，具有多边形、四边形、菱形、圆锥形等等。

最高层是一根顶天圆柱。上端还有一把多层次环状而纤巧精致的"金伞"。据史载，这是现朝第二王所赐的一顶皇冠。哟！眯着眼瞻仰这项皇冠，仿佛超脱了世俗与浮生，无污染，无垢秽，悠然地立于云端，超然屹立于"净土世界"。我想，名标青史的郑王的英魂，也许就常"驻"在那里！

每当我陪友人到了这里，总要"鼓动"他们爬到塔上去。可以这样说：来到郑王庙而不登塔，等于没到郑王庙。由于塔阶陡直，每登上一步，似觉脚下的地壳就下沉一寸，步步登高，寸寸下沉；等到登上最高的平台，向周围一望，不禁大吃一惊，整个曼谷的风景线已"矮"下去了。

凭栏眺望，近处的斜对岸，则是玉佛寺与大王宫；远处的河畔两岸，有几座大桥，似弯弯的彩虹，在彩虹的半圆圈里，隐现着如海市蜃楼一样的高楼大厦。倘若再往下望，心弦会绷得很紧，那全长1800多公里的湄南河，好像从脚下流过；那争流的"百舸"，仿佛从脚底板下擦过。

不知怎的，每当我望着脚下波翻浪涌的河流，奔腾不息地流入大海，我的脑海仿佛也出现一条历史的河流，在涌动，在翻滚，在奔腾……

当年，缅甸侵占大城故都。有位华裔哒府侯王，带领 500 战士，坚决抗敌，但寡不敌众，便突围南下，沿着这条河流到罗涌，招募兵马，星火立即燎原至庄武里。后来他又率领战船 500 艘，浩浩荡荡沿着这条河，逆流北上，在大城与缅军展开殊死的血战，结果获胜，把缅军赶回老家去，并建都于吞武里。

郑王不仅在历史的长河中，谱写了一曲抗缅驱缅的《湄江大合唱》，而且在文学的长河中，也留下波光粼粼的浪花。

在他当王的第三个年头，局势还处于动乱时，他却能着手写《罗摩坚》——这部巨著脱胎自印度的《罗摩衍那》的神话，书中的猴王哈努曼，有如中国《西游记》中的孙悟空。虽然他只写了一部分，却成为集体创作此史诗的最高地位的带头人。

最近一次，与友人从平台下来，脚板拾级而下，思绪的羽翼却飞腾直上。忽而想到国王普密蓬·阿杜德，每年都要到大罗斗圈广场郑王御像前祭奠；忽而想到诗琳通公主到中国澄海拜谒郑王的故里……

因而在脑中显现伏契克的一句话："为了争取将来的美好而牺牲了的人，都是一尊石质的雕像。"我想，郑王虽然只活了48岁，但他不仅在泰国人民，而且在他祖籍广东的人民，甚至地球上的龙子龙孙的心中，无疑是"一尊石质的雕像"了。

选自龙彼德著《曾心散文艺术》，留中大学出版社，2007年6月版。

华南蓬火车站随想录

曼谷建都200多年以来，最早耀华力路一带则是商业中心。曼谷火车总站，泰名叫华南蓬火车站，就是建在商业中心地带。左边是不夜城的红灯区——是隆路，右边是"十步一金行"的唐人街——耀华力路。倘若做个比喻：是隆路是西方人的眼睛，耀华力路是东方人的眼睛，那么华南蓬火车总站则是人体躯干的枢纽，交通四通八达。曼谷地铁总站也与之链接，有一条出入口旁道直通火车站。

我去过不少国家与城市，看到越发达的国家与城市，火车总站都离城市中心很远很远。华南蓬火车站，这种布局是历史的遗留问题。

翻开历史，华南蓬火车站建于1910年五世皇时期，历经6年，至1916年六世皇时期，正式开出第一列吐着浓烟的蒸汽机火车。

据说，100多年前，火车站的前门，原是过人歇脚地。第二次世界大战挖成防空洞，不幸被日机炸中，死伤千把人。为纪念死者，在此处建起一座纯铜精雕的三头象。传说三头象是"神象"，是婆罗门教中的一位天神的坐骑，神通广大，不论什么妖魔鬼怪都不是它的对手。

我每天从家里驾车到办公室，总要经过华南蓬火车站；每次走过，总要朝车站看看，好像已成了习惯。有时被斑马线的人流挡住，我还会仔细观察，研究它的建造结构。

正门横亘着一条长栋梁，由16根双巨圆柱支撑着，形成厚重的长方形结构，两旁是对称方形二层楼。最引人注目的是，在两端架一道如虹的圆拱形穹顶，跨度很大，显出宏大气魄。穹顶下，是一口口排气窗，以珐琅彩玻璃镶成通透的半月型，在正中上端悬挂着一口与车站同龄巨钟。凡是经过此处的路人，都会抬头瞧瞧这个泰国的标准钟，校正自己手表的时差。

有人说："华南蓬火车站，具有经典欧式建

筑风格，属意大利文艺复兴式建筑，同瑞士的洛桑市火车站，如出一辙。"从电脑查看，虽都有端庄、典雅、壮观、古朴之美，但就其外景如虹的穹顶，我觉得华南蓬火车站更富有"阳刚大气"。

当年华南蓬火车站可列为东南亚火车站之冠。它巍然屹立在湄南河畔，虽经百年的沧桑，日月的侵蚀，风雨的吹打，如今看来依然不失为"经典"之作，依然闪烁着那无以伦比的气质和质地，依然给人有一种建筑美学的欣赏价值。

我常想，香港凤凰电视台有个"梦筑天下"的栏目，说不定，有一天会把镜头投向它。

说来也有点内疚，生于斯，长于斯的我，从来未坐过火车，也未曾走进华南蓬火车站，对其"外观"了然，对其"内景"却茫然。

前年，搞笑的电影《泰囧》在中国放映，引来不少大陆"背包客"。去年4月天，我有几位上海文友是《泰囧》的粉丝，说要乘火车到泰北清迈，沿着《泰囧》故事的路线图旅游。因此，我陪他们第一次走进火车站。

　　那天夜幕降临，外边路上的街灯、门灯、柱灯、挂灯，霓虹灯、广告灯等刷地亮起来。随着人流，我们走进华南蓬火车站。因为内部依然是传统的吊灯，不太亮，顿时我有一种"昏暗"的感觉。大厅内是圆弧顶棚设计，七八十米宽，四五十米高，虽没有冷气设备，也不觉闷热。有位文友赞叹："很像英国哈利·波特火车站。"我没到过英国，也很难说出"像"还是"不像"。由于文友们已先预订卧铺票，便不慌不忙走到售票处看看。售票窗口共有32个，只有零散的人排队。有个窗口挂着一块泰文牌子，写着："拿出身份证，证明是泰国人，就可免费乘第三等座位。"文友们愕然地问："真的吗？"我说："泰国是个佛教国，为'草根'提供免费回家车票，体现了佛国的慈悲心。"他们不禁竖起大拇指。

　　我们到了候车大厅，见到大厅中间悬挂着五世皇站立油画巨像。右手执权仗，左手握王剑，身披王袍，英姿勃发，炯炯有神。文友们要我介绍五世皇的功绩，我说：五世皇的功绩在于废除奴隶制，改革政、经制度，大力修建铁路、公路，兴办邮电等，是现代泰国缔造者，后世尊称——朱拉隆功大帝。文友们听了，虔敬地站在像前合影留念。

候车厅里有两排座椅，前排是和尚和残障人的"专区"。和尚不是清晨捧钵铣足化缘的和尚，而是披着袈裟，挂着一个黄色的布袋，穿着拖鞋或人字托鞋的"出差"的和尚。旅客中，多数是北部、东北部及南部的普通老百姓，穿着日常生活便装，不见有笔挺的西装、华丽高档的时装。即使是些高鼻子蓝眼睛的"西方客"，穿得也很随便，连背心短裤都"亮相"了。坐着候车的，有的闭目养神，有的低头玩手机，各自静静地进行着，即使有的打电话，有的交头接耳，声音都很小，似乎是生怕被人听到，或是生怕吵到别人。奇怪，上千人的候车厅，没有人抽烟，也没有人叽叽喳喳地大声讲话，个个像以不同姿态坐着修禅，以平常心等候，显得一片祥和平静。

这不仅是个环境问题，而是象征着泰国人

"善良、宽容、朴实、开放"的品格。

我们到大厅周围走走，两侧各有两层，一楼有餐厅、咖啡厅、书店、甜品店，还有银行取款机和存包处；二楼有旅行公司的咨询处、航空公司订票处，还有泰式按摩室什么的。

看了手表，还有时间，我们走进一楼餐厅，没有卖高档菜肴，只有卖泰式家常便饭。我们采取自由点菜，每人点两样，大家边吃边品菜。有人说，酸辣虾汤比上海的更浓更辣；有人说，炸鸡腿比中国的更香酥。我指着一盘刚上桌的青菜说："这是泰国独有的菜。""什么菜？""长在水上的含羞草。"大家好奇跟着夹进口："好吃！好吃！"随即我多叫两盘。我们5个人吃完满桌菜，当结账单送来时，才820铢。有位女文友"哇"的一声叫起来："这么便宜，还不到200元人民币。"

乘坐开往清迈火车的旅客陆续进站，我们见到铁棚里的冷气管喷着如雾的水气，灯光一片幽暗，没有指示路标，也没有服务员，一时弄不清东南西北，东奔西走，好容易才找到北上的火车。不知怎么的，此时此刻，所见所闻所思，我有几个"感觉"像水泡冒上心头。

第一个感觉："松散"：没有安检，没人验票，自由出入，不像西方车站，外三层，里三层，连皮带、皮鞋都得"过滤"；第二感觉："陈旧"：9个站台、18条铁轨，以及停着接客的火车，好像是20世纪七八十年代的"遗物"；第三个感觉：乘客不多，可能卧车票难买，坐慢车需一个晚上，太辛苦了，因此，经济少为许可者，都喜欢坐飞机或冷巴；第四个感觉："跟不上时代"：曼谷已是"全球十大最受欢迎旅游城市"，大陆旅客最多，近年，飞机场、重要旅游区都已用泰、英、中3种文字作为指示牌，而火车总站却看不到有汉字，令人遗憾。

我怕文友们搭错车，也不敢多说多想，忙拉着他们的手："跟我来！"直至把他们送上北上的火车，验了票，才放心。

气笛声响起，我向文友们挥手："祝一路平安！"

望着轰隆隆的旧式火车渐渐地远去，我的

思绪随着车轮翻滚、翻滚、翻滚——

　　那晚，我奇怪地做了一个"高铁梦"：当我80寿辰时，一家6口人陪我到华南蓬火车站，乘着子弹头型的火车头牵引着长长现代乳白色的旅客列车，在泰国51.5万多平方公里的土地上驰骋。

　　选自《香港文学》第367期，2015年7月号，"世界各地火车站专辑"。

大自然的儿子

中秋过后，总不见绚丽的秋色，却见天天的淫雨。

昨天，表嫂冒雨到我家来，电曲了的黑发湿湿的，分不清雨水还是汗水。她椭圆形的脸蛋呈现红晕说："阿叔，几天前，接到山巴的家里打来的长途电话说，我爸跌倒，脚受了伤，请叔叔星期日和我一起，到山巴看我爸，看看能不能吃中药，或针灸。"

我问："亲家多大高龄了？"

"90岁。"

"哦，90岁！"我脑海里突然跳出"奴仔跌大，老人跌死"的俗念。但他总算是我的亲家翁，不管怎样，我还得去把把脉，才不至失礼。

星期天一早，我们驾了私家轿车到万昌一

个码头，把车停在一安全处。表嫂熟悉地雇了一艘长尾电动船。我们尚未坐稳，船便迫不及待"嘟嘟"地开动机器了。船驶得快时，船头翘得老高，整个船好像要离开水平面，向天飞去似的。坐在船头的我，迎着伴有野草花气息的大自然的风，和渗着浪花溅起而飘流的水雾，好像服了一剂芳香清窍的苍耳散加味，平时常不顺畅的两只鼻孔，顿觉通窍开塞了。

　　船到了五百讯，放慢了船速，缓缓右转入一条三弯九转的水溪。清澈的水路旁，飘浮着簇簇的水浮莲，还有一些不知名的青青水草。岸上全是茂盛的水果林。在田垅里，散长着一株株随风婆娑的高高椰子树。临溪的孤立的高脚木屋，倒映在水中。也许由于我们的船声惊动了村狗，时不时听到阵阵的狗吠声。我不禁想起陶渊明在《归园田居》中所写"暧暧远人村，依依墟里烟。狗吠深巷中，鸡鸣桑树颠"的诗句。

　　我满眼饱赏这"世外桃源"的风光，但心里却想起：住在这一带的水上人家，假如有急病，那将怎么办？这也许是作为一个医生常有的心态。

二

正当我的思绪随着大自然的广袤而奔驰的时候，耳边便听到表嫂叫"停船"的声音。

表嫂指着眼前那溪旁的木屋说："那就是我的老家，请上船！"

我前脚才踏上搭在溪旁的木阶梯，几只老狗与小狗一齐气势汹汹向我冲着吠来。我吓了一跳，缩回前脚，船一摇荡，差点跌到水里去。

"小心！"表嫂忙扶着我说。

这时，从屋角"嘻嘻"地钻出一个赤着上身的小男孩。他的皮肤和他的眼珠子一般黑，鼻尖还沾着不少黑泥巴，显然他正在玩泥沙呢！

"姑姑！"他露出一口黄牙齿，用纯正的潮话欢乐地叫。那几只狗也欢乐地摇起尾巴。

我觉得很惊奇："这小孩怎会讲潮州话？"

表嫂亲昵地携着那孩子的小黑手说："他是我弟弟的尾仔，名叫狗弟。在家里，阿公都要子孙咀（说）唐话。如果唔咀（不说），阿公就会骂他们，不爱他们，因此，家里大小都会咀唐话。"

我真没想到，在这僻陋的水上人家，华人竟然还有这一条教子教孙的"家规"。

的确，这家人的住宅，依然保存着浓厚的中国民间风俗。大门两旁贴着已褪了红色的春联，屋正中安着"地主爷"神位，正门上端挂着一把已生了锈的三齿叉，据说可以避邪。表嫂告诉我：这间高脚木屋，已有60多年的历史了。她的爸爸，20几岁从唐山来到这一带落脚不久，就盖了这间木屋子。其间，屋顶墙壁虽更新几次，但中间几根柱子依然不腐不朽。此木屋，在我眼里已有点"古董"味，但其屋里摆设，却有点现代化之风味，不仅有电视机，而且还有电冰箱呢！

"阿公到哪里去了呢？"表嫂问狗弟。

狗弟即伸出右手的食指，指着一片果林，"嘻嘻"地说："下地劳动去了！"

"阿公下地劳动去了吗？"

"嗯嗯！"狗弟点点头。

"哎呀！阿爸就是个闲不住的人，才跌伤了脚还要下地劳动。"表嫂显然在"埋怨"爸爸太任性了。

我的脑子却为之一怔，90岁的老人，一般骨头早就可以打鼓了，即使少数还活着，也是风烛残年了。我从未见过，90岁的老人还能下地劳动，真是少而奇的"寿星"呵，究竟他服了什么仙丹妙药？

三

由于好奇心的驱使，我要狗弟带我到地里找阿公去，亲眼见见这位在椰风蕉雨中奋斗超过一个甲子的特殊性格的老人，看看他究竟怎么劳动，怎样"安度"他的晚年生活。

表嫂也和我同行。在方圆20几莱的果林里，狗弟两手掰合成一个话筒，一会儿向东，一会儿向西，高喊："公公！公公！"依然没有回声，只有小鸟在人心果和番石榴中"唧啾"地欢叫着。

　　由于昨晚才下了一场透雨，垅边的泥路很滑，表嫂怕我跌倒，要我站在一棵椰树旁等，她与狗弟分头去找。只见狗弟像一条黑泥鳅似的，一会儿钻到南，一会儿窜到北。他的黑影在果林时隐时现。家里几只狗，一会儿在他前头，一会儿在他后头，好像帮他找公公似的。

　　不料，一只黑虻叮着我的小腿，我用力猛打时，忽然听到狗弟的喊声："快来呀！公公在这边。"

　　我和表嫂高兴地赶到时，只见狗弟正咬着一粒又大又白的番石榴，果汁从他嘴角流出来。

　　"公公在哪里呢？"表嫂急问。

　　"你看，这是公公的新脚印！"

　　"呀，真聪明！"我不禁发出赞叹声。

　　狗弟蹦蹦跳跳带领我们走，沿着觅着的脚印，越沟过垅。狗弟"嘻嘻"地指着："咦！阿公在那里呢！"

　　我顺着所指的方向远望，只见斜垅旁有一个像小人国里的人，头上戴着竹斗笠，遮去他的脸和上半身，下半身的一条腿踩在斜垅旁边，另一条腿浸在泥沟里，身旁停着小小的手推船，船上放着一个竹箩筐，时不时露出一只手，将一把把的杂草丢到箩筐里去。

随着狗弟来的那些家狗，已在那里摇头摆尾走动了。狗弟也先跑到前头，告诉阿公："姑姑和医生来看你了！"

阿公抬起头，眯着眼睛，"呵呵"地笑着看我们："哦！还请来医生啰！"

表嫂叫声"阿爸"后就埋怨阿爸脚没好，就下地拔草了。

"好了！好了！"老人连声地回答，并晃动那受伤的脚，表示真的好了。

我望着这位动作依然敏捷、壮容犹在的"寿星"，不禁联想起中医史上的"年且百岁，而犹有壮容，时人以为仙"的华佗形象。

他的伤是怎样治好的呢？我正想开口问，就被表嫂的话岔开了："阿爸，日头已到头壳顶了，回家吃饭吧！"

老人看到垅边还剩下一点没拔完的杂草，便说："好好，拔完这点草就回！"于是，他继续埋头拔草。

表嫂无可奈何凑近我的耳旁说："你是个医生，等一下，帮我们劝劝阿爸别再下地劳动了。"

我没有点头表示答应，脑子却在琢磨着："生命在于运动，动则不衰，不动则早衰"是一个新陈代谢的规律问题。

在回家路上，表嫂的阿爸跳过一条几尺宽的水沟去，走到那垅头的矮种的椰子旁，用他别在腰间的利刀，"刷"地剁下一串椰子，提着跳过水沟来："这是香椰子，拿回家吃！"

我接过这串椰子，大约有六七个，不禁惊叫起来："好重啊！"

"让我来！"老人又抢着过去，把它驮在肩上，"蹬蹬"地走在前头。要是不知道他的实际年龄，只看他的举止，俨然还像年轻的小伙子。

我侧身问表嫂："亲家翁身体这样健康，一年不知吃了多少人参和鹿茸？"

表嫂张口还答不出话。老人却回头"呵呵"笑道："山巴人，哪有吃补药！我不知道吃什补药，有时只吃田头那边的土人参！"他放下肩上的椰子，又跳过水沟去，拔了几棵"土人参"给我看。

"咳！它的根真像人参。"我好像发现新品种似的叫起来！但仔细看看它的叶，却不像人参科，而像商陆科。对服了这种"土人参"，是不是会"长寿"，我不敢表态，因为假如属于商陆科之类，还会有毒。因此，我只能说："拿几棵回去研究研究。"

我们到了高脚木屋旁，左边有一弯曲溪，盖着竹叶顶，停着一艘小艇。小艇旁边立着一根小木柱。表嫂的阿爸把椰子放在溪岸上，对着表嫂说："天气很热，拿回家剖几个请医生吃。"他自己却解开腰间的水布，脱掉乌黑的农民式的上衣，捧了一口水含在嘴里，又用右手掌舀一勺水往胸脯拍打几下，一骨碌沿着那小木柱潜到水里去。我慌忙制止："亲家，身上的汗水还没擦干，就浸到水里去，这很容易患风湿病呀，也容易感冒呀。"他露出水面，从嘴里吐出一口水说："不会的，我下水前，先含一口水壮壮胆，什么邪气也进不了！"我"哦"的一声，好像顿悟到他自有一套保健的经验。

老人搓搓自己的身体，又潜到水里摸洗着他黑白兼有的头发；又爬上岸来，就地围上水布，脱下那条乌黑的农民式的裤子，蹲在水边，伸出双手，在水里三搓四搓，也没用肥皂，就算洗好。我惊疑地问："这样洗没用肥皂，能干净吗？"

他笑道："这里的水是滑滑的，含有碱，我们都没用肥皂，也能洗清洁。"

哦，他还很有研究呢！

到了屋里，我们都手捧绿色的圆椰子，嘴对着削开的口，倾倒地喝着又香又甜的椰子水。唯有表嫂的阿爸独自坐在床沿，嘴对一管约一尺长的老烟筒，"叭哒叭哒"地抽他自种自制的烟丝。

我惊诧地问："抽烟多久了？"

他慢悠悠地从口里吐出一口烟："抽70多年了。"

"哦！抽70多年了！"我脑子出现许多惊叹号！心想：人家抽烟危害性很大，他怎么一点危害也没有呢？个中有什么"奥秘"呢？

他好像猜透我的心理："人家抽烟是吸进肺去，从鼻子喷出来！我是从嘴里吸进去，又从口里喷出来！"

我想：这也许是一个减少危害的抽烟方法。但我的眼睛盯着他那"古怪"的长烟筒。据说，他年轻时，从山上挖一段又老又粗的巴椒根，自己穿孔钻洞制成这管独具匠心的长烟筒。我很想拿它回家研究研究：是不是巴椒根的药性能化解烟中的尼古丁呢？

我看到他床头放着几个空空的中国药酒瓶便问："亲家，常喝酒吗？"

"每天晚上睡觉前喝一小樽，暖暖身子。"

"喝什么酒？"

"什么酒都喝，多数是中国酒。"

我好像又找到他长寿的另一个"奥秘"了：班固在《前汉书·食货志》中云："酒为百药之长。"李时珍在《本草纲目·酒》中亦曰："少饮则和血行气，壮神御寒，消愁遣兴。痛饮则伤神耗血，损胃亡精，生痰动火。"老人饮少量酒，可以长寿，甚至可享尽天年。

临走前，表嫂用手触我一下，暗示我要替她劝劝老人别再去劳动了。

我理解她作为女儿的心意，但又考虑到劳动使人长寿的道理，因此，我对表嫂耳语说："人，就像一部机器。机器虽老，但还走得动，就继续让它走下去吧！一旦停下来，就怕再走不动了。"表嫂听后点点头。

我走到正门口．看到种了许多青艾。我问表嫂的阿爸："种这么多的艾做什么？"

他洋洋自得地拍着他的腿说："这次我跌伤了脚，就多亏了这艾。那晚脚肿得很大，乡下难请到医生。因此，我叫人采来一把艾叶捣烂，下酒，在鼎里炒热，热敷伤处。咳，第二天就消肿。真想不到，这土办法还顶用呢！"

艾叶热敷消肿是有药理根据的。《本草汇言》云："艾叶，暖血温经，行气开郁之药也。开关窍，醒一切沉痼伏匿内闭诸疾。"

我仰望着这位站在我眼前的 90 岁老人，虽然他身上还在散发泥巴昧，但我觉得十分可敬。

他的可尊可敬，在于热爱大自然，熟悉大自然，了解大自然，领受大自然的赐予，成为大自然的真正的儿子。

告辞后，我坐在船头，迎面扑来阵阵带着田野泥土芳香的秋风，清清的溪水也快乐地唱着它一辈子唱不厌的大自然之歌。我回头眺望着那立在溪旁的高脚屋，一时真叫我感动，那一老一少依然站在门口目送我们。

选自吴欢章、沙似鹏主编《20世纪中国散文英华》（海外游子卷），复旦大学出版社，1997年12月版。

第四辑　追忆文缘

散文名篇"真迹"

我爱读散文，更爱读作者写自己的人生、家情、亲情等美文，往往被一个"了得"的"情"字所感动！比如司马攻的《明月水中来》，梦莉的《客厅的转变》，姚宗伟的《斗室晴窗》等。这些名篇，不仅让我当时读了感动与神往，而随着时光的流逝，时而还萌生一种想到作者家里寻找"真迹"的念头。

不久前，谭君强教授在泰授课告一段落，即将回云南大学去。他邀我陪他一起到司马攻、梦莉、姚宗伟等作家的家，我欣然答应了。

一

姚宗伟先生的家，住在素坤逸五十五巷，但从大巷还须拐进一小段小巷。由于该小巷无巷名，我的轿车驶到附近，却认不出何处为转入小巷口的标记。谭教授虽然没来过，但他说："记得姚先生有一篇文章写到家门口，正在兴建一座高楼大厦，挡去家里的阳光。"这句话，即刻令我手握的方向盘有了定向。

姚先生笑呵呵地迎接我俩到他的书房里。我小声对谭教授说："姚先生有一篇散文《斗室晴窗》，就是写这个书房。"谭教授笑着点头："这篇散文写得很好！"

我环视这间透亮的书房，几乎见不到墙壁，三面都"架起铝架，开了窗户，装上透明阳光玻璃"。另一面有墙壁之处，挂着名家墨宝真迹，房中陈设着古色古香红木的桌、椅、橱、柜等，柜橱上，摆着许多奖品奖状。

姚先生指着两座崭新的奖盾说："这是不久前黎逸府送来的。"我细看奖盾的内容，一是赠给该府作为奖学金30万，一是赠给该府办校基金20万。姚先生还向我们介绍他年轻时曾在黎逸执教鞭的经历以及向边陲学校赠款的夙愿。我们深深为他行善之心而肃然起敬。

在柜橱里，珍藏着许多中文书籍，其中有他自己笔下跋涉的结晶——《湄滨吟草》《欧游见闻录》《东游随笔》《寄园诗稿》《瓦罐里开的花》《春暖》《姚宗伟散文选》等。

这间书房真叫人喜爱，不仅室内雅致、清静、明亮，而且向外望，还可见到庭园里的"花花草草，红红绿绿"，甚至蓝天白云的变幻。

当我见到园中两块洁白的奇石，想起《斗室晴窗》里，有一段对两丛翠竹的精彩描写："两个竹丛都各有二十几三十竿竹，长得高过屋檐，日光照射着竹丛，凉风吹拂着竹叶，万千悬垂倒挂的片片叶子颤动或静止，变换着强弱不一致的青光，一枝一叶闪现着不相同的绿色。而且竹丛旁边的两块石骨苍苔斑驳，石旁初挺的嫩竿和未脱箨的新笋，颜色新鲜……"但眼前那两丛翠竹不见了。我便欠身垂问姚先生："园中原来的两丛翠竹呢？"只见姚先生呵呵地指着玻璃窗外一棵长得不太高的树说："原来这地方，就是种着两丛绿竹，由于长得太快，遮了照射的阳光，便把它挖掉了！"

的确，那天，我们见到室外晴空，室内阳光充分，可是，却不见在《斗室晴窗》所勾勒的那幅"竹石文人画"的幽雅意境了，未免心头掠上几许的遗憾！

姚先生从案上取来了一叠厚厚的手抄稿子，笑呵呵地说："这是我准备出小说集的部分整理稿。"谭教授边翻稿子，边点头表示赞赏："抄得既整齐又漂亮！"姚先生显得有点不好意思，说："哪里，哪里！这太夸奖了！"于是，他谦逊地向我们介绍他的文章都要三易其稿的经过，而且还顺手从案上拿了《上坟》三易其稿的真迹给我们看。

俗语说："百闻不如一见。"平时我就听说姚先生治学严谨，写作一丝不苟。这次亲眼见到"真迹"，才知他的文章，不是用墨水写，而是用自己的心血写出来的呀！

二

那天傍晚，我们还到司马攻先生家里去拜访。

司马攻家在素坤逸大马路边，下面是五间

相连的当铺店。

谭教授诧异地问："司马攻先生原来是开当铺的吗？"

"是！现在已经没管了，主要在逸沙越开织造厂。"我说，"开当铺需要有鉴赏眼力，司马攻先生对古董很内行！"

谭教授顿有所悟说："怪不得，司马攻先生的文章，有几篇是关于古董的，如《心壶》《明月水中来》都写得很生动，很感人！"

到司马攻家里做客，就仿佛在自己的家里一样。他既热情又平易近人和我们拉家常。在闲谈中，他向我们透露了自己对文艺界的一些设想，如设泰华文学奖，计划每年评出一部书，奖金5万铢。还谈了泰华的汉字简化问题。他说：目前东南亚国家，只剩下泰国与菲律宾还使用繁体字。而新加坡、马来西亚都跟中国12亿人民使用简化字了。由于大势所趋，泰华文艺界也得慢慢使用简化字。并表示：他自己今后所出版的书，都要用横排简化字。

对他的设想，我们当场击节赞赏！

　　话题又拉到写作与出书的问题上，司马攻说："我准备再出一本散文集。"谭教授给司马攻第一本散文集《明月水中来》以高度评价，并说："《明月水中来》一文已成为世界散文名篇了。"

　　不错，这篇散文可说是司马攻的代表作，它的影响已超越国界。中山大学教授张国培在《挥洒自如，气象万千》中说：《明月水中来》"从一把小茶壶的 5 个字写起，扩展到两个故乡——潮汕和泰国三代人对潮汕工夫茶的感情和喜爱。这种眷恋之情，就是三代人心中维系着的故乡的明月"，它是"寻根散文的佳作"。对于这把已"传了三代的小茶壶"的"真迹"，两年前，我陪中国散文家陈慧瑛造访司马攻家时已见过，可惜当时没拍下该"真迹"，以作珍藏。谭教授却未见过，因此，提出想见见此茶壶。司马攻高兴地领我们到他藏书与摆设古董的地方。未进门，已见几个明净的玻璃橱中的古董，琳琅满目。右边是一排排书架，所藏的书籍，不计其数，其中有一套《四库全书》全集。原版本是 36000 余册，新版本不知多少册。但看着这洋洋大观的册数，心想："要是书房小一点，单这套全集就装不下了！"左边有两个对称而装潢精致的壁橱。一个是摆着近百个珐琅彩的鼻烟壶，其中必有一些是"古月轩"底款的。另一个是摆着半百把淳朴古雅的紫砂茶壶。壶身全是素面无饰，多数呈紫黑色，显得十分洁净与脱尘。见了这些紫砂茶具，心里头倒有点如欧阳修所咏的"喜共紫瓯吟且酌"了。

司马攻拿了锁匙，打开橱门，取出一把略带黄色的茶壶说："喏，这就是我写《明月水中来》那把茶壶。"他翻了壶底给我们看，不错，刻着"明月水中来"5个行书，署名孟臣。

谭教授小心翼翼接过茶壶，爱抚着："这可珍贵啰！"我接过茶壶，两指捏着壶耳，做个倒茶手势，仿佛品尝到司马攻在文中所写的"浓浓的茶从壶嘴流出，盈在洁白的小杯里，吸进了我的口中，香滑滑的，没有半点儿苦涩的味道"。

上次我忘记拍这把珍贵的茶壶的"真迹"，这次可牵萦于心，不仅拍了正面的壶身，而且还摄了壶底的落款，可谓全方位地照了。我心里乐滋滋的，觉得此茶壶因它的主人写了一篇《明月水中来》而出了名；也因为它出了名，我把它拍照了，便有珍藏的价值。说不定，将来有一天，谁要写泰华文学史，还用得上它呢！

三

第二天一早，我们又去造访梦莉女士。

梦莉的家是在拍喃三的大马路边，共有五间五层楼的排屋，下层和第二层是梦莉主管公司的办公楼，第三层是梦莉的客厅。

我们一到，梦莉既高兴又热情地领我们到她单独的经理室。她笑吟吟地坐在太师椅上说："我白天就在这里工作，主管几家公司的生意。"然后顺便参观她公司所经营的各种机械样品。她还略谈了她开始推销中国产品艰苦的奋斗史。我们不禁为她对中国"一片赤子之心"而赞叹不已！

在步上客厅之时，我突然想起她那篇充满"人情味和社会内涵"的《李伯走了》，便问："李伯原来工作的厨房呢？"梦莉指着楼下的一隅说："呶！就在这个厨房里。"并说："李伯在这里做了 17 年。"

厨房里有个泰人的女厨师，向我们谈起当年李伯的为人与烹饪技术，从她表情里可以看出，她对李伯依然很尊重与敬佩。

也许进了厨房，便想到吃的问题。梦莉说："今天中午请到天外天酒楼吃饭！"谭教授忙推辞说："不用太客气啦！"我半开玩笑说："就在这里吃好了！"梦莉摆着手说："不行！不行！现在的厨师做得不好吃。要是李伯还没走，叫他烧几味好菜，还是可以的！"

我说："没关系吧！就坐在这张李伯曾端饭菜给大家吃的圆桌子前吃一餐吧！"惹得大家都笑起来。

梦莉的客厅很宽敞，很别致。厅堂陈设着"几套中式的红木嵌螺钿家具"，一对半人高的洁白的弓形象牙相对立着，形成一个半圆形，十分惹眼。我指着说："梦莉姐，这对东西现在已成宝了！""是吗？"梦莉高兴地反问。壁上挂着一幅特大镶着金边的梦莉年轻时的西洋油画像，给人一个感觉：这幅画就像她的散文那样美。

梦莉在《客厅的转变》一文写道："本来，条案的中央摆着一套古瓷三星图，东边放一个花瓶，西边置一座镜屏，这是依据中国的传统摆设，以此来象征'东平西静'，可是，由于孩子们的'势力扩张'，这间本来平平静静的客厅已变得有些不平静了。孩子们把他们的泰国小摆设，如藤制的篮、竹篾编成的小器具、木制的泰式小船等，放在条案上；接着，又拿了一些体积更大的泰国工艺品，置在那张三屏式的红木罗汉床上，壁上加挂了几张泰国景物油画……"

我们亲临客厅，所见到的，又听梦莉一一的介绍，似乎这些"转变"，目前多数还保留着原状。

梦莉虽然不是个古玩专家，但她周游世界从各地购买的古玩与有价值的艺术品，却不计其数，宛如一个颇别致的博览馆，要是细细地品赏，恐怕三天三夜还看不完。其中多数是从中国古玩店购来的古董，如有留长胡须的福禄寿，清末的弥勒佛……哦！还有一头杭州齿轮箱厂特地赠送的"牛"。这头"牛"相当精致，虽不属古董，但梦莉情有独钟，因为它象征着"辛勤耕耘于商界文坛"的"牛的精神"。

除此之外，还有西方的传统工艺和上乘的珍品，如有一个玻璃橱，摆设的全是晶莹通透的水晶石。有水晶杯、水晶碗、水晶盘、水晶公仔、水晶玩艺，甚至还有像蓝宝石一样发光的雕花的水晶器皿。梦莉打开橱门，取出一件水晶盘，叫我们掂掂它的重量，说："水晶比玻璃重！"我小心接过那耀眼的水晶盘："嗯！的确很重，像石头那样重！"谭教授也小心接过一看，见到有英文字，便"哦"的一声说："是捷克制品，是世界一流的水晶石！"我是第一次见到这么多水晶石，好像见到水晶宫那样眼花缭乱。

由此看来，梦莉的客厅，不仅是"中泰杂拌"，而且是"中西泰杂拌"了。但总的色调属于"中国式的客厅"，"显得古意盎然"。

梦莉还请我们到她的房间，打开衣柜，给

我看看她不同时期从中国买来各种珍藏的服装，有绣龙的，有绣凤的，亦有大牡丹花的……

不知怎么的，当她毫不保留地打开这橱自赏自爱的中国服装时，仿佛一下子见到她的整个内心世界——对中国传统文化的醉心已着了迷！

中午，梦莉女士请吃饭并向谭教授饯行。

谭教授本来还想到其他知名作家的住处进行家访，无奈时间不许可，只好匆匆带着湄南河畔文友的情谊回云南去了。

我寻找散文名篇的"真迹"，也只好暂告一段落。

后记

也许有人会笑我傻。如果我是找小说名篇的"真迹"，那真的是傻，因为小说是虚构的。而我找的是散文"真迹"，一般都是有"迹"可寻的。实际上，我在寻找散文名篇"真迹"的过程中，就是从实践上向名作家学习创作散文的过程，学习他们如何把不会说话的"无情物"，变为有灵性与理性的东西，使之具有蕴含与艺术性。

　　选自司马攻主编的东南亚华文文学大系《曾心文集》(泰国卷)，鹭江出版社，1998年4月版。

猫诗人在小红楼的日子

2003年，我在住家旁边买了一块地皮，约400平方米。我用自己的脑子和双手，实现了我一生建造盆景园之梦。园的右侧，建了一座小巧玲珑的二层小楼，通体用红砖砌筑。北京来了一位教授，也许联想到北大红楼，给它取名"小红楼"。

此楼令我"称心"之处，则是弯曲的楼梯绕着一棵三叉芒果大树盘旋而上，由于楼下是个半敞开的空间，使整座小楼宛如藏在半树上的鸟巢。它既连"地气"，又接"天气"，似一座想象中的诗意栖居地。著名学者刘再复为之题了横幅："神瑛之园"。

2006年7月1日，林焕彰和我在小红楼共同策划和发起建立类似诗社的"小诗磨坊"，以尝试 6 行内小诗的一种新形式。除我俩发起外，还有岭南人、博夫、今石、杨玲、苦觉、莫凡。因林焕彰远在台湾，其他的都居住泰国，故称"7+1"。故此，吹起了小诗诗人集结号。继之，诗磨不停，诗香遍地，小红楼便成为"小诗磨坊"同仁聚首处。前年又增加晶莹、晓云、蛋蛋，还相续出版了 8 本《小诗磨坊》诗集。

8 年来，海峡两岸、港澳和东南亚华文作家、诗人、教授、学者，如张九桓（大使）、刘再复、吕进、龙彼德、陈慧瑛、舒婷、陈仲义、凌鼎年、刘登翰、朱寿桐、庄钟庆、周宁、马长山、陈思良、陶然、夏马、小黑、朵拉等造访了小红楼，留下许多美好的文字。

中国著名散文家陈慧瑛 2010 年造访了小红楼，回去她写了《不能不爱薰衣草》，文中的开头说："近年来，在湄南河畔，在作家、诗人曾心先生清新雅致、古色古香的小红楼，8 位诗人不计名利默默耕耘，孕育了一片美丽的诗歌世界，诞生了千首以上脍炙人口的小诗，桃李不言，下自成蹊，影响所及，遍及东南亚，那是华文文坛的奇迹。"著名学者刘再复为《小诗磨坊》（2013年）写的《序》，题为《"无目的"的诗人诗社最可爱》中说："《小诗磨坊》的诗人们为写诗而写诗，不求诗外之物，不谋诗外之功，却给自身的生命价值作证，给身内的美好心灵与身外的天地宇宙作证。"

林焕彰每年来泰，几乎都住在这里，成为小红楼的"常客"。

每天天还没亮，他就穿着白短裤，像小孩一样去"玩"跑步。本来可在庭园慢步"玩玩"，但他嫌天地太小，玩不出汗水来。后来他找到附近海军运动场，每天要跑5公里，才觉得过瘾。他忘了自己已是古稀之年，相信自己的脚力和硬朗的体魄，天天都要痛痛快快"跑"一趟。

2008年，在拥有200多盆树桩盆景园里，又建了一座六角凉亭，我请林焕彰为"小诗磨坊亭"题字。他乐意答应了，并从台湾寄来几张不同字体的墨宝，要我挑选；我觉得最能表现他个性的，是那张脱尽时习，斜而不倒，富有"动感"的横幅。我写信告诉他，并说拟请苦觉雕刻，他很赞同。同年7月上旬他来泰，乘的飞机晚点，到达机场是深夜2点多，而到达小红楼，已是黎明前的黑暗。他没放下行李，迫不及待先走到凉亭去"鉴赏"。他见到其墨迹镂刻在一块精致的红木版上，悬于梁中央。他赞赏：雕刻精致，用深绿色字，显得大方古朴。于是，他得意地眯起眼睛笑了。

在留言簿里，一般"外来客"只留下一句话或一首诗，而林焕彰也许有特别的感情和特殊的感悟，留下了两首小诗。一首是2006年5月12日写的："一颗树，一首诗；一个盆栽，一幅画；一座庭园，一本诗集；满园诗画，满心喜欢。"另一首是2008年2月5日写的《磨工》："磨谷子磨麦 / 磨米磨面粉 // 磨文磨字 / 磨心磨诗 // 磨日磨月 / 磨时间磨生命。"这两首小诗不论从哪个角度写，意象如何不同，但都离不开"诗画"，离不开"磨诗"。看来，"诗画""磨诗"就是他的日月，就是他的人生，就是他的整个生命。

向来诗有"载道"之说，是"为人生而艺

术"。我的诗多属"载道"之类，林焕彰在《六行，天地宽广——序曾心小诗集〈凉亭〉》中曾向我建言："曾心已成就了他的'载道'的任务；下个阶段的发展，我想有必要多向'不载道'的方向探索；仍以 6 行以内的'小诗'作为一种'自我挑战'的形式，继续攀登'语言艺术'的更高峰。"

由此看来，林焕彰是倾向诗"不载道"的一派，即"为艺术而艺术"。我最早听到"玩诗"这个词语，就是从他的口说出来的。

2006 年，我与他磋商在泰国成立一个类似沙龙诗社时，关于名称，他提出叫"小诗魔方"，希望写诗不要一成不变，要像"玩魔方"那样多变。当时他提出"玩魔方"的字眼，尤其那个"玩"字，我思想一时转不过弯来，为了避免人们"异议"和"误解"，我建议把"魔方"改为"磨坊"，即"小诗磨坊"称谓。他"迁就"了我，欣然同意了。

2010 年，我委托他在台湾帮我联系秀威资讯公司出版我的一本由西南大学吕进教授点评的小诗集:《曾心小诗点评》。不久，林焕彰从台湾给我打长途电话，要求重新考虑书名。我接到电话后，考虑到上次他的"建言"，和"迁就"了我，把"魔方"改为"磨坊"，这次我思想上想"迁就"他一下，用了诗集中的一首《玩诗》为书名[1]，便说就叫《玩诗》吧。从声音中听出他有些惊诧，似信非信地反问："是玩诗吗？"我答："是。"于是，他发出"中意"的心声。出书时，书名《玩诗，玩小诗——曾心小诗点评》。原来我只说"玩诗"，他可能觉得"玩诗"不够分量，还不够"过瘾"，便再加了"玩小诗" 3 个字，突出了"双玩"，善哉。

围绕着"玩诗"之外，他还"玩"什么呢？在小红楼里，他每当坐下来，就喜欢画画，随意用圆珠笔或铅笔作画，画的多数是小动物，尤其是画猫。画中的情趣，总让你童趣由生。

戊子夏天，他赠我一幅墨画：即两只猫互

---

[1] 引自《玩诗，玩小诗——曾心小诗点评》一书中的《玩诗》："寻觅生活中 / 零散的星星 // 一个个吞进肚子 / 连梦带血 / 呕成 / 有规则有情感而成行的星星"，2010 年 1 月，台北秀威资讯科技股份有限公司出版。

相拥抱。画上方有 4 个半角形,表示耳朵,角下各有 4 个圆点,表示眼睛,两点之间又一点,表示鼻子,鼻下 5 根长短不一的须,暗示着嘴巴;画下方,只见一条猫的盘腿。右旁是苦觉的题字,写得歪歪斜斜的一条长长的怪字,像是猫的脊梁,书写的是岭南人的一首小诗:《猫话》:"天台上 / 月光下 / 谈情说爱 / 喵喵喵"。此三人合璧的"猫画"很传神,如今悬挂在小红楼墙上。

林焕彰还有一"绝",在小红楼里,他没一刻闲得住,见到有宣传画厚色纸,就撕撕贴贴,拼凑成一幅幅的"画",贴好后,随时送人。他曾送我好几幅,我也曾在贴画上写了"玩诗"。

这些"贴画"初看缭乱得不成什么东西,细看却发现有"玩"的乐趣。他最喜欢拼凑的是猫和鱼,两者往往不是一元的,而是二元的,甚至多元的,让你的脑子迷迷糊糊,眼里模模糊糊,看似猫吃鱼,又似鱼吃猫,继之又似乎猫鱼在玩,在谈情说爱,在相吻做爱,或在互相"吃"。可以说"表现出来的感情是矛盾的、复杂的，也是模糊的"。他有一首小诗《猫想、鱼想》："猫想吃鱼，鱼也想吃猫；我们大家一起吃；猫和鱼同时说。"这首诗的诠释，我想最好用刘再复的一句话："文学传达的经常是概念讲不清楚、讲不明白的东西，连作家艺术家自己也讲不明白，他就是有某种东西，感受、感想、感触、感情等想讲，于是作品就出来了。你问他到底他想讲什么，他不一定明确，如果他非常明确，那作品常常就是败笔。"

还有一"怪"：小红楼的围墙较高，初建时，邻居的家猫经常跳下来拉屎拉尿，又脏又臭，我很讨厌，总要追打它。于是，猫一见我，就如老鼠见到了猫，跑得特别快。平时小红楼没住人，静悄悄，是一处心灵"推磨"的净地。林焕彰一来，立即喧闹起来，电话应接不暇，文友诗友，尤其是"小诗磨坊"同仁都嘻嘻哈哈赶来相会。树上的小鸟叽叽喳喳，芒果树上的松鼠跳上跳下，邻居的小猫小狗，也许立即闻到同类味道，又跳又叫，纷沓而来，像赶集那番迅速，那番喧闹。

尤其那些猫儿们，见到林焕彰坐在石椅，石桌上摆着菜肴吃饭时，猫儿们围着他、蹭着他的大腿喵喵地叫，好像在称道"大师兄长，大师兄短"，嗨，叫得可亲热呢！但林焕彰也像爷爷对待自己的孙子那样，时不时挟着"美羹"给它们吃。此时猫儿们开心极了，翘起欢乐的尾巴，频频表示"谢谢"！

林焕彰在这种"猫人和谐"的氛围中，也俨然是一只猫：蓬松的白发，如猫的毛，嘴边的痣毛，像猫须，尤其笑起来的那一刹那，嘴边的须毛灵性地颤动，显现出那惟妙惟肖的猫相。此时我想起相书所说："爱猫长期的心和修炼在脸上的投影"，不禁暗自笑在心里。

有人小声对我说，您看林焕彰先生像不像猫诗人？我怕对他不敬，只莞尔一笑。

后来，我看到他有一首小诗《我是猫》："我是猫，我不是你的朋友，但也可以是你的朋友；因为，我是猫，我有不理你的美，也有可以理你的美；我想进入你，心的洞穴里。"我想：既然，他自己说"我是猫"，那么我们叫他

"猫诗人"，也不至于失礼了吧！

晓云有一首小诗《鱼说》："明知道 / 猫诗人来了 / 或许带着猫 / 我还是斗胆游出来 / 只为 / 我也想成为懂诗的鱼"。此诗写在留言簿里，每当我看到此诗，总觉得她表达了泰华小诗磨坊同仁敬慕林焕彰先生的爱心：我们爱猫诗人，"因为 / 我也想成为懂诗的人"。

选自《湄南风雅颂》，湄南河副刊 2014 年——2015 年精选集，泰国世界日报社，2015 年 6 月版。

"人生得一知己足矣"
——与龙兄的文缘

龙彼德出生于 1940 年 7 月，我出生于 1938 年 10 月，年纪相差近两岁，本应称他为龙弟，但我老是叫不出口，总称呼他为龙兄。只有这样称呼，似乎才能表达我内心对他真正的敬意。

虽然他年龄比我小，但见识比我广，学问比我深，慧悟比我高，笔头比我硬，著作比我多。一个作家如果写了很多书，人们总会称谓："著作等身"。而龙兄正式出版的著作 50 余种，如果把它一本一本叠起来，何止"著作等身"？他一生兼写数种文体：诗歌、散文、小说、报告文学、文艺评论等等，真是十八般武艺样样通，十分了得！他出版理论专著 17 种。他给不少港台及东南亚作家、诗人写评论和评传，如出版台湾诗人《洛夫评传》《一代诗魔洛夫》《洛夫传奇：诗魔的诗与生活》。洛夫是个大诗人，龙彼德费了那么多时间和精力，是"花"得其所。但没想到，他能给一个海外业余作家的我写了4本评论专著，那岂是个"异数"，令人愕然！我们之间无任何世俗动机，无任何世俗企求，只有"情"，没有"欲"。他为什么能为我的作品作了细致而认真的研读，逐篇而论，从以文本为出发点，从具体到一般，从个体到群体，提出自己独特的见解，客观而准确地概括我作品的基本特点，肯定作品长处和所取得的成就？

他说："读你的作品，好像心灵相通，写起来很轻松，很随意，很快，往往下笔自然有如神助。也许我们之间有缘吧。"

我说："是的，不仅我们今世有缘，也许我们前世就有缘了。"

在中国土地上结缘

那么，我们今世何时结缘？龙兄说，我们第一次握手是在南京会议，即1996年4月

22-24 日，在南京召开第 8 届世界华文文学国际研讨会上。他记性好，又有记日记的习惯，定然不会错。可我却没有一点印象。因为那时我在文坛上还是名不见经传，不认识中国的知名作家、诗人、评论家，于是把鼎鼎有名的龙彼德先生当作一般文友，只礼貌性地握了手，转身就忘了。

我记得第二次握手，是 1997 年 6 月在武汉中南财经大学召开新加坡华文作家作品国际研讨会上，会后一起攀登了道家圣地武当山。路上同乘一辆大巴。他坐在车上第二排右边第二个位上，我坐在第三排右边第一个位上，我全方位看到他的左侧面。一路上他与同排的文友论诗谈文，声音一直处在高分贝状态，句句我都听得很清楚。开始我觉得他有些夸夸其谈，听着听着，觉得他谈的诗文观点都很新颖，有个人的审视角度。一路上，车颠簸得很厉害，在摇摇晃晃中，整车的文友几乎都进入昏睡的状态中，只有他的声音一直保持在原分贝上，我却闭着眼，竖着耳朵听着，有如进入"听君一席话，胜读十年书"的境界。

到了武当山，第二天一早要登上金殿，天不作美，下起雨来。有人不敢去了，我与龙彼德却心想在一起："人生难得几回搏，今日不搏何时搏？"决定："上山！"结果，我们上山的只有 18 人，并且决心不坐轿子徒步登山。开始队伍是"一字"形，走着走着，渐渐断成几节，出现顿号、省略号。上了"百步梯"，个个仿佛"登梯色变"。我见龙教授站在一边，像患了"喘症"，一呼一吸地加急，我走过去要替他拎行李袋，他推辞道："谢谢你！上得了山就是龙，上不了山就是虫了。"我说："我可不愿意叫你虫教授啊！"说得二人变喘气声为笑声。龙教授终于还是一条龙，走了 3 个多钟头，登上海拔1612.1 米的主峰——天柱峰。我们冒雨围绕着金殿平台走了一圈，各自寻找写作的意境和灵感。结果我们二人都有散文记载那次攀登。他的题目是《武当山的雨》，我的题目是《登武当山极顶》。一个侧重于雨，一个着重于山，真可谓个性鲜明，相映成趣。

不久，他邮寄来一封厚厚的信，拆开一看，

真叫我惊喜！里面是用钢笔工工整整写了 7 页原稿子的一篇评文，题目《宗教色彩与艺术个性——评曾心散文〈登武当山极顶〉》。他思维敏捷，超前，好像有"第三只眼睛"。我们一起上山，他能悟到我的重心在于道教，凡是与道教有关的道人和事物都浓墨重彩着力地表现，并且一一有例子证实。如我文中有这样一段文字：

> 冒着细雨，我站在"光辉顶点"凭栏观望，既见不到"七十二峰朝大顶"的壮景，也望不到"会当凌绝顶，一览众山小"的景观。望见"万壑空烟霏"，一个云雾茫茫的清凉世界，心里头便有几许"来不逢时"的缺憾！但在云封雾锁中的我，又觉有人间未有的绝妙，似有"山顶白云千万片，时闻鸾鹤下仙坛"的境悟。此时又不知道从哪里飘来"颇有远古巫觋乐舞之遗韵"的道教音乐——《澄清韵》。飘飘欲仙的我也跟着诵起"琳琅振响，十方肃清。河海静默，山岳吞云。大量玄玄也"来了。

他作了如此精彩的"评语"："这是情景交融的画面，也是天人合一的感悟，其声光色相，其超实性、多义性，都达到了相当的高度，也是全文的高潮，作者峭拔、隽永的个性也显露无余。"

因此，读了他的评论，觉得有理论，有论据，有分析，有提升，有感悟，既导出文中的核心精华之所在，也分析了"文眼"艺术审美的极致。他的评文，令我折服的是：往往能在我文中写到"制高点上"，从理论上"再创造出新的高点"。

之后，我们不时相约参加世界华文文学国际研讨会，或东南亚华文文学研讨会，握手多起来了。记得 2005 年 6 月在厦门举办第 6 届东南亚华文文学研讨会，我和林焕彰住在厦大建文楼宾馆，为了能与龙兄多相处些时间，我特邀他来住在我们的房间里（多加一张床）。会后，我们 3 人（年龄各相差 1 岁，已属退休之龄）坐在厦大美丽校园的一棵老树下，交谈对文坛的看法以及自己创作的设想。我写了一首小诗记之：

三棵老树

黄叶落尽
根
分不出你我他

一团牢固的树桩
昂首期待
一声春雷

记得龙兄曾写了"以根做头，拱开了秦砖汉瓦"（《塔顶之根》），那是一条开创中国天地的"巨根"。我写的"根"，只是一团"树桩"，象征着我们的牢固友谊和创作的梦想。

在泰国土地上续缘

我们的文缘，不仅"结"在中国的土地上，而且也"结"在泰国的土地上。2011 年 7 月 4 日，泰国留中总会文艺写作学会举办文学名家讲座会，特邀他和诗人舒婷及评论家陈忠义来演讲。他在会上主讲《气象万千，变化无穷——论散文艺术》，获得好评。同时还造访我家怡心苑的小红楼。他在"小诗磨坊亭"里写下留言："小楼吞六合，小诗翔古今"。我想这是龙兄从他诗歌代表作《坐六》，结合眼前的景色，重组成新的"隽句"。2015 年 11 月 23 日，他再次被邀请来泰国曼谷，在双子塔酒店举行一次别开生面的名家讲座会——《诗坛泰斗洛夫与评论家龙彼德对话》，轰动了整个泰华文坛，一时传为佳话，泰华 6 家华文报纸侨团版都以头版头条新闻刊出。会后，他与诗坛泰斗洛夫先生造访小诗磨坊聚首处，那年正好是"小诗磨坊"成立 10 周年。他又在"小诗磨坊亭"里写下留言："敢于从零开始，最好的作品是下一个。"我觉得这句话，既是对小诗磨坊同仁的鼓励，也是他追求"下一个"的"山"性格的诠释。

如他写《坐六》长诗系列，已是"难得一见的扛鼎之作"（痖弦语），但在盛誉之下，他没有"见好就收"，继续写了"下一个"长诗《无岸之舟》。此诗是为纪念杜甫诞辰 1200 周年而作的。诗歌以"有岸，却无法停靠""有舟，但不知何往"，借以抒发舟与水、国与民、史与诗的关系，探讨了不同时代知识分子所遇到的相同问题。接着又写出"下一个"组诗《伟大的拐点》。此诗写司马迁49岁受腐刑之后就走到人生的"拐点"，充分揭示了司马迁忍辱著《史记》的非凡痛苦与非凡价值。

我看他是永远有"下一个"的诗人、作家、评论家，令人敬佩！

他研读我的作品、写我的评论，也强烈表现出他这种特殊个性，只要他心中看上的作品，有话可说，有趣可评的，不必"请"，他会是"一个"再"一个"，一本再一本。如他先研读我的《大自然的儿子》《曾心文集》《心追那钟声》，认为"数量虽不太多，但又一半以上写得情真意切，文采斐然，其精品率之高是惊人的"。还说我的散文"常常将抒情、叙事、思辨三者随意地结合在一起，或各有侧重，从而使他的作品兼诗歌、小说、评论的特色"（《对自由的行使与设限——论曾心的散文艺术》)，于是，写了并出版《曾心散文选评》（泰华文学出版社，2000年8月），经过7年，他又写了并出版《曾心散文艺术》（留中大学出版社，2007年6月）。此期他所写评文，寄给我都是原稿。每寄来一篇评文，我都分别转寄给《新中原报·大众文艺》主编黎毅和《亚洲日报》文艺版主编白翎，他俩都十分重视，几乎都刊登在显眼的版面上，后来有部分转登在菲律宾华文报刊上，还有部份刊登在中国报刊上，引起较大的反响。崇圣大学有个老师，很喜欢看，每次都剪报。等到他退休时，亲自送来一大袋剪报，真叫我感动。刘忠、鲍婷在《散文本体架构：自由、自己、自然——评龙彼德新作〈曾心散文艺术〉》说："龙彼德对曾心散文的深刻理解""眼光犀利，观点独到""善于捉住曾心散文的精髓，寥寥数笔就开门见山地提出了散文的'神'""言辞优美，自成一家。好的评论就是再创作，是作家叙述他的灵魂在杰作之间的奇遇'"。

从1993年起，我"顺时而发"，也写起微型小说来，龙兄的目光也开始关注我的微型小说。他看了我 2002 年 7 月出版《蓝眼睛》一书时，认为"尽管数量不多""但多数写得不错，质量上乘，并已形成了属于他自己的艺术特色"（《精妙的叙事艺术——评曾心的微型小说》），于是，经过 12 年的跟踪评论，他积累的 24 篇评论，集成了《曾心微型小说艺术》（留中大学出版社，2014 年 4 月）。过了 3 年，他又将积累了 32 篇点评，再出版了《曾心闪小说点睛》（留中大学出版社，2017 年 8 月）。每一本书他都付出心血，每篇评论都有鲜明特点，注入了自己的真看法、真性情、真精神。读他的评论集，就能读懂他的思想、品德和心灵，还能"具体地感到语言文字的甜蜜和诗化智慧的甜蜜"（刘再复语）。

他这 4 本书，可以说是把我的散文和微型（闪）小说的精品都选出来加以评论，并附上原文。凡是现在大学有学生要研究我的作品，写学士毕业论文、硕士毕业论文、博士论文，都离不开要参考这 4 本书。

有缘推动《捐躯》进入考场

同时，他的评文，也有极大的助力推动我的作品进入中国文坛、进入课堂、进入考场。如 2014 年他写了《留白与跳跃——评曾心微型小说〈捐躯〉》（附原文），刊登于 2014 年第 5 期《名作欣赏》。中国 2015 年普通高等学校招生全国考试（新课标全国卷）语文试题，即从中选出当作考题。可见龙彼德鉴赏眼力之高，分析作品之精准，从作品内容提升为理论的依据之确凿，得到中国教育界的认可和赏识。

顺便说说我们的"文缘"中有点"玄"的一件事。

20 世纪 90 年代末，我们信件往来都是邮寄的，他的评文都在稿纸（20×15=300）上用钢笔誊写得很工整。奇怪，当时中国评论家寄来不少评我作品的稿纸，我都把原件转给报刊发表，唯独龙兄寄来的评文，我保存他的原稿，转去投报刊的全是复印稿。2013 年黑龙江省同江市建起了一座"龙彼德文学馆"，我很高兴，认为这是天赐的"文缘",我要把这叠"原稿"寄到那儿展出,将会成为馆中珍贵的"文宝"。

最后,还是用佛家的一句话共勉之:"万发缘生,皆系缘分!前世因今世果,今朝情缘来之不易,理应谨慎珍惜。"

选自泰国《世界日报》2020年6月29日、30日。

书痴者文必工

——感受古远清教授

写作最耐得孤独和寂寞，但也需要掌声。

记得古远清教授给我早期作品写的一篇评文《从不全中求全——谈曾心的微型小说》，其中有这样一段话："读了这些作品，我对曾心不能不刮目相看。这是一个很有才气的，然而并未引起大陆华文文学研究界广泛重视的泰华作家。"这是他第一次给我的评价，让我在"孤独和寂寞"中听到激励的掌声。随后，十几年间，他给我写了6篇评文，不断给我鼓励，催我步入"文学原乡"而"沉醉不知归路"。在他今年70大寿之际，我应该给他写一点文字作为礼品，才不会辜负他长期以来对我扶植的一片苦心。

我最先认识古远清教授，不是他的人，而

是他的书。

20 世纪 90 年代初，在曼谷河水城市举办世界华文书展时，我见到一本《诗歌分类学》，像一块磁铁，把我脚跟吸住。此书是台湾复文图书出版社出版，并定为"大学用书"。作者是大陆学者古远清。就当时的形势来说，两岸文学交流还不久，古远清的书就能捷足先登，可非同小可！于是，我把它买了。此书厚达 443 页，全书纲举目张、条分缕析、通俗晓畅。那晚我如嚼橄榄似的"吃"下了近十分之一。

从此，古远清的名字便牢牢印在我的脑子里。

文字因缘一线牵。1994 年 11 月 8 日，在昆明召开的"第 7 届世界华文文学研讨会"上，我有幸见到心仪已久的古教授。或许由于我的心灵先与他握过手，此时此地的邂逅，我的高兴劲可谓是迸发性的，紧紧握着他的手说："我早认识您！"可他不认识我，似乎愣住："在哪里见过？"我说："在您的书里见过！"惹得他也喜不自禁地笑起来。

那次我们虽然谈话不多，但他给我的印象：

淳朴、坦诚，是个书生气十足的"一心只读圣贤书"的人。与他谈话，三句不离开本行。每谈起本行，显得机灵、敏捷；一旦离开本行，则话语不多，显得木讷、笨拙。

俗语说："一回生，二回熟。"第二次见面，是 1996 年 4 月 22 日在南京召开的"第 8 届世界华文文学国际研讨会"上。第二天下午，该会组织文友们观看南京台城。我们并肩走着，好像走在一条"逶迤腾细浪"的小长城上，时而仰望连绵几十里的鸡笼山、覆舟山；时而俯视温馨清丽的玄武湖。我们"心有灵犀一点通"，从中国文坛谈到港台澳文坛，又谈到泰国文坛，谈到写文学史之事。

看来他了解很多，像一部"活字典"，一座"活书库"。我说："凭您的才华和所占有的资料，可以写部很有见地的《港台澳暨海外华文文学史》。"他讷讷地说："我已写了《三史》——《中国大陆当代文学理论批评史》《台湾当代文学理论批评史》《香港当代文学理论批评史》，而要写部《港台澳暨海外华文文学史》可不简单，需要占有充足的资料，尤其是海外华文文学资料还很不充足。"他希望有机会能到海外各国走走，搜集更多当地的作品。

回泰后，我给他写信并附去会后我们一起到扬州采风所写下的一篇散文《琼花何处寻》。不料他很快给我回信，并附来一篇电脑打字的评文——《无中写有，虚中见实——读曾心的〈琼花何处寻〉》（发表于《名作欣赏》）。他的评文写得很有文采，比我原文写得更美，比如说："读后使人感到他写琼花身轻如燕，高高地超越了前人的横竿""其思路就似袅袅轻烟在历史的长河中盘旋翱翔"等秀句。尤其不禁叫我心灵一"亮"的是，他竟把我写的东西提升到文艺理论上来。他说："这篇散文主要靠'转弯子的艺术'写成。"说真的，当时我写时倒不知道有"转弯子的艺术"，只是凭着当时寻琼花、观琼花、闻琼花、"考"琼花的过程和事实，加以艺术的加工而写成的，根本没有考虑到用什么艺术手法。

古教授的那篇评文，好像交给我一把能"欣

赏"自己作品的钥匙，发现自己在不自觉中，应用了"转弯子的艺术"，从而在文学创作理论上有新的认识与提高。我应当感谢古教授！

由此，我想到，一个作者，尤其是一个业余作者，他的作品多么需要文艺评论作家进行"评头品足"，不管评好评坏，才能认清自己作品在文艺天平中的"轻重"，否则都是糊里糊涂，看不清自己作品的瑕瑜。

1996 年 11 月 23 日，在泰国曼谷湄南河大酒店召开"第 2 届世界华文微型小说研讨会"，古远清来信说："准备会后在曼谷多住几天"，叫我帮助他预订酒店。我给他回信说："就住在我的家好了。"

会后，几位中国来的文友住在我的新别墅。家里的钥匙我交给古教授，并一一告诉他，哪把钥匙开哪把锁，他都一一点头。可是等到晚上他回来，老是无法对上"号"。有位文友开玩笑说："古教授连门上的锁都打不开，怎能打开人们的心灵之锁呢？"说得大家哈哈大笑，古教授在笑中显得有几分腼腆，几分"痴相"！

吃东西，古教授很随便，只要填饱肚子就好了。有一次，他较晚回来，我要用小轿车载他到外面吃饭。他摆摆手说："不用啦，就去买一包红烧肉饭回来就好了！"我遵命驾车去买来，他接过饭盒，三口两口就扒完了。看来他没有好好细嚼，也没有好好品尝烧肉的滋味，好像只有快快把饭"干完"，就完成一项延续生命的任务。

要走时，我帮他捆了两纸箱书。我说："把一箱放进皮箱里，一箱提在手里。"可他指着自己的皮箱说："已满啦！"我觉得诧异，他在曼谷什么都没买，怎么说皮箱满了呢，原来他来时，还以为泰国的气温像武汉那样冷，便带来一箱御寒衣服。我半开玩笑说："看您呀！就像'躲进小楼成一统，管他冬夏与春秋'的书呆子！"他不仅点头默认，而且脸上笑得像一朵天真浪漫的山茶花。他告诉我，返回时要先去香港，再到深圳，然后才返回武汉。我怕他带两箱书太重，很不方便，劝他说"还是挑选一下，需要的带走"。可他忙说道："这些书都是文友送的，很宝贵，在中国很难见到。重一点，甚至超重也不要紧，我全带走！"

1997年6月1日，我出席武汉中南财经大学举办的"新加坡华文作家作品研讨会"。一天晚宴之后，古教授特邀台港澳暨海外部分华文作家到家里做客。当时，他是住在武汉市别具一格的西班牙式建筑群的一个套间，共四房一厅。这在当地来讲，是住得"好福气"的了。

进到他的客厅，首先见到挂满很多名人赠送的墨宝。最引人注目的是他的书房，每人一进去，都惊讶叫起来："啊！这么多书。"

别看他平时穿得"邋邋遢遢"，结的领带"歪歪扭扭"，但他的书房却相当整洁，一本本书在十几架玻璃橱上摆得相当整齐，没有东倒西歪的现象。我问他："共藏多少书？"他说："一向无计算，但目前以港台澳暨海外华文文学藏书量，不比北京图书馆少！"乍一听，觉得好大的口气！但目睹那"书城"，就不觉得是"王婆卖瓜，自卖自夸"了。

他就凭这惊人的藏书量，加上一个好使的

脑袋，像"拼命三郎"，分秒必争，写出一本又一本文学史籍与诗词鉴赏。

据作者本人的统计，共撰写并已出版近23本专著（720万字），17本编著（432万字），共41本，计1152万字。我想，如果把他写的书叠在一起，简直像座"书山"。如给一个人誊写，非写半辈子不成。人们喜欢赞誉作家为"著作等身"，对他来说，应是"著作过身"。

古人云："书痴者文必工，艺痴者技必良。"别看古教授在个人生活上，有时显得很"痴"，连门锁都打不开，而他把心"痴"在书里，"痴"在学术里。在书堆里"玩"书，真正成为"书痴者"，写出来的文章很精巧精致。他的作品已成为一把把打开读者心灵的钥匙。

或许由于他的书，像把开心锁，很受读者欢迎，或许正如他所说的"我的运气好"，他写的那么多书，从来不用拿钱"买书号"，而是出版社向他预约，有的是中国大陆出版，台湾也出版，其中有6本是大陆与台湾同时出版，印数都在千本以上，甚至有的近万册。这在当今学术界处于"门前冷落鞍马稀"的竞争市场上，可谓是一大"奇观"呀！

现今有些"权威"，对他名字作了有趣的"破释"。如老诗人艾青送给他4个字："香远溢清"；韩国高丽大学许世旭教授送他一幅书法："在古远的青青的草坪里，觅采着嫩嫩的现代诗"。我的手也痒痒，以其姓名凑成12个字，赠送给他，表达我对他的敬意："气质古朴，文思远邃，语言清新"。

古远清的名字在国内国外学术界已享有相当高的盛誉。在他庆祝70大寿良辰，我给他鼓掌，给他最激越和最诚挚的掌声。

选自质贞编的《古远清这个人》，香港文学报社出版公司2011年8月版。

拉车不止的"牛"倒了

——怀念方思若先生

方先生以顽强的毅力，与癌症搏斗几年，终于走了！

在他离开这个地球的前5天，我到康民医院探望他，正好他侧身睡着，看护人想叫醒他。我说别叫了，让他好好地休息一会儿。看着他那被病魔折磨得"萎缩"了的身躯，不禁一阵难受！

我静候在床边一阵子，看护人见他身体动一下，说"醒了"。我欠身叫："方先生。"他张开双眼，毫无表情看着我。我又叫一声："方先生，我是曾心！"一会儿，他缓缓地把右手伸过来。这一"伸"，我豁然有所悟，他已认得我了！

因为在他未发现癌症前曾叫我看看他耳边

生的一小块东西。我检查后，发觉那是癌的危险"信号"，便提醒他要尽快去检查。可他业务缠身，总说："抽不出时间来。"但尔后，他有时见到我，总喜欢伸出手来，叫我把把脉。因而，这一次他又默默伸出手，我想十之八九是想叫我把脉了。

我便用 3 个指头按着他的脉。他静静睁着眼，好像要告诉他的病情。但我怎能把真实脉象告诉他呢？只安慰几句，真没想到他听后，把右手缩回去，左右手合在一起，作了个合十手势。我也带着沉重的心绪，作合十手势回敬！

二

我认识方先生，是先从他的文章开始的。记得 20 世纪 80 年代末期，他为《泰华文学》年刊写序——《老牛·破车·晓月》。在这篇序里，他勾勒出一副泰华文艺惨淡经营的生动而形象的图景。序中道："我们是拖着破车的老牛，在崎岖而泥泞的小道上迈步，向前，向前，不管明天有多远，也不管'山穷水尽'继之有没有一个'柳暗花明'。我们还是要写下去，还是要不断地壮大我们的行列，我们要尽我们这一代人最后的努力。"不知怎的，自读了这篇序后，在我脑壁便深深地烙上印记：那头"拖着破车的老牛"，就是方思若先生。从此以后，我也加入这个文艺行列，随着这头"老牛"，在崎岖而泥泞的小道上迈步。

有个时期，《新中原报》"大众文艺"新老主编脱钩，一时找不到主编，方先生便主动"顶"上。我想，身为该报的董事长，当工作需要时，而毛遂自荐当起属下"大众文艺"的老编，这恐怕在泰华报业既是前所未有，也是来者难有的吧！

他主编的几期"大众文艺"，从版面到内容，都焕然一新。当时在文坛上，惹起读者的瞩目，尤其他每期写的《编后随谈》，不仅条分缕析，见解精辟，而且善于把自己的文艺观与经验流泻出来，给作者与读者颇多启迪。

1993 年 8 月 9 日，"大众文艺"发表我写的一篇拙作，题为《窥到下层人的心灵的作

品——读〈黎毅短篇小说集〉》。《编后随谈》是
这样写的："曾心先生：拜读阁下探讨文艺作
品的大作，立论精辟，言之成理，可见对文艺
理论及鉴赏修养了得，请给本版多撰写这方面
的文章。泰华文坛缺乏文艺批评为时已久，这
方面的工作如不多做，泰华文艺水平要提高很
难想象。是的，文艺批评在此间尚未能形成风
气。作者间接受批评的雅量有限。但文评只褒
而不敢贬评，那于事无补，相反，倒是对被捧
者有害。愚见以为，面对目前这种情况，最可
以发挥的，是对圈中写作上多种多类的不良倾
向提出探讨批评，而不针对某人某文，这样子
可以减少一些是是非非的谩骂，这对泰华文艺
水平的提高，可能有很大的助益。先此致谢！
编者。"

　　从以上的文字看来，不仅是对我的鼓励，
主要还是论述他的文艺批评观。说真的，方先
生是个非常重视文艺理论与文艺批评的领导者。
他对我的赞语，我受不起，他才是个"对文艺理
论及鉴赏修养了得的人"！

1994年，方先生被选为泰华作协第7届会长。在他主持的新一届理事会中，他提议除了原有的秘书、财政、交际、总务机构外，要新设立"文学研究组"。此提议得到同事们的赞同，并推选我与刘助桥先生为"文学研究组"的负责人。他对这个研究组十分重视，会后立即与我们共同研究开展工作的5点计划：（一）座谈泰华文学的过去、现状和未来；（二）召开年轻作者座谈会；（三）召开老年作家座谈会；（四）围绕着泰华作协《亚细安散文集》（泰国卷）的出版，座谈泰华散文的创作地位、倾向、特点以及风格等问题；（五）座谈泰华诗歌创作何去何从问题。这5项计划，虽然在他当会长的两年期间没完全实现，但他已尽了心力了。如在首次座谈会上，他发表了题为《谈泰华文艺和本土化及其他》的论文，提出了："我认为'此时此地'还是要坚持的，作品要有泰国地方特色，老作家要坚持，新作家慢慢来，溶入社会。若不坚持特色，我们将拿不出什么东西来与别人比，给别人看。"这些看法是有分量的，至今还掷地作金石声！

三

当年他是《新中原报》的董事长，却亲自抓"大众文艺"副刊。在物色主编上，他的确费尽心机。由于钟子美先生主编"大众文艺"几年后，要回香港去，方先生3次给我电话，要我出来接手。平时我们谈话都很短，唯独这3次电话，他谈得很长。从他那推心置腹的谈话中，我看到一位热爱文化事业的领导人，如何呕心沥血去守护亲自开辟的那块文学园地的真诚之心！

我心有余而力不足，自己俗务在身，那颗被打动的心，终于还是婉谢他的聘请了。

于是，在无可奈何下，只好让钟子美在香港"遥控"主编"大众文艺"。在"遥控中"，钟子美常来信诉说碰到"稿荒"的实际困难，叫我还是代他物色一名主编。恰巧，那时与黎毅先生提起，他表示乐意接手，我马上向方先生推荐。方先生当即答应，说："让黎毅先生给我打电话。"

黎毅是个做事先替别人着想的人，我转告方先生的话后，他却犹豫起来，担心他接手"大众文艺"，会影响钟子美的收入。我又把此意见转告方先生，谁知方先生说：这问题，请黎毅可放心，钟子美拟安排另编其他版，工资照样发。

黎毅接手"大众文艺"后，尽职尽心搞好此块园地。钟子美也不负方先生之所望，"遥控"几个新版面，传递了许多读者关心的讯息。

事情过了相当久，我才从一位帮方先生汇款给钟子美的文友那儿听说：钟子美的那份工资是方先生自己掏腰包的。

我听了的确感动！方先生不声不响把工资汇给钟子美，而钟子美却一直以为是报馆付给的。事情就这样，一个月，两个月，甚至一年，两年……唉！这岂是个"小数"，而是一个"大数"呀！

方先生在世时，总不喜欢让人褒扬这种精神，他认为这是他应该做而且做得来的事，而现在他去世了，我心中觉得如不把他这些"秘密"地助人为乐的好事"泄漏"出来，似乎有一种积压在心头的精神"负债"感！

方先生一生是勤勤恳恳的，就像一头每天拉车不止的"牛"。他的心，一半是扑在自己的商务上，一半是扑在文化事业上。他在文坛上未竟的事业，就是还来不及写出一部泰华文坛的回忆录。他曾屡次感叹说："目前泰国还没有一部《泰华文学史》。如果谁能写出来，没有能力出版，我可以资助出版。"我曾邀过他，由他来挂帅，组织一个班子来写。他总推却说：现在还没空，等我70岁全退休后，才来写些文坛回忆录。

唉！谁知上帝等不到他活到70岁，就急着招他回去了。他的回忆录还藏在脑里，来不及变成白纸黑字。太可惜了，今后谁写《泰华文学史》，免不了就会出现一些空白点，这岂不是泰华文坛的大损失呀！

人们总喜欢把一个为人类作出贡献的人当作天上一颗星，那么方先生就是那颗相当明亮的星。如今方先生溘然逝世，在我心灵中，猝然像一颗文星陨落了，在泰华文艺的天空，顿然失去不少绚丽的光。

选自曾心著《给泰华文学把脉》，厦门大学出版社，2005 年 3 月版。

永不熄灭的光环

——悼黎毅

呜呼！我的老宗亲——黎毅兄，随着太阳西落了。

我要送一个花环，可按您的遗愿：遗体捐献给医院做实验，没有开追悼会。我只好把花环挂在西天，寄托我对您的敬重、至爱和哀思！

黎毅兄，原名曾昭纯，以曾氏的族谱编排辈分，您是昭辈，我是繁辈，其层序高我数辈，应叫"老叔"。每当您给我写信，总是亲昵称"老宗亲"，但我总叫您黎毅兄，从未称呼您"老宗亲"。此时此刻，向您作最后告别时，我不禁从"悲"中涌出一声："老宗亲，一路走好！"

黎毅兄一生心向众生，寡言而正直。孔子喜欢"刚毅木纳"性格的人，黎毅兄二者兼有之。其"刚毅"是形懦而神刚；其"木纳"是"寡言"而"憨厚"。

当我刚走上泰华文坛时，是您第一位给我写信，而且是一封封兼有评论性的信。信中多从鼓励出发，使我这盏刚拨亮的心灵之灯，得到了加油再加油！

当黎毅任《新中原报》副刊"大众文艺"主编，我在爬格子方面更勤了，投稿也相对多了。原因在于主编积极向我要稿，又认真地对拙作进行"把关"。我每投一稿，黎毅兄都像一个高明的医生，给予"把脉"，而且把"诊断"的结果，及时写信告诉我。如剖析我的短篇小说《命运》，是如此率真地"碰触"我的"自尊"：

老宗亲：

近来比较有空，来信适时，很欢喜。

我对你每篇发表的作品，老是夸夸其谈，有时难免会碰触到你的自尊，过后老是牵记到你的反应。

《命运》，表露的是一手写作的好技巧，内容却有雕砌刻意营造的痕迹。总一句：两对爱侣一对是死得太"勉强"，另一对则结合得太"巧合"。

在情节的措理上，设若李兄在"五月事件"前意外身故而留给李嫂一个遗腹子，这是一个并不偶然的棘手问题。李嫂不能改嫁，却又必须在痛悼亡夫的哀伤中待产。邻居吴姓夫妻安慰她，帮助她，关心她，而给她支持活下去的信心，由此一男二女便建立了深厚的情谊。

既后再写"五月事件"，吴家夫妻往五马路观看火爆热闹，吴妻不幸中了流弹身丧，两家剩下一个鳏夫，一个寡妇，互相慰藉，互相关心，结合起来顺理成章而少却了牵强的"巧合"。

吃菜容易，做菜困难。我说得一厢情愿，每次你却是好坏全"吃"。

《过时的种子》等着品尝，"吃后再向

你提意见"。

黎毅上

1994 年 7 月 6 日

　　黎毅兄是个"谨于言而慎于行"的人，与其跟相处的人都知道，他是不会随意"碰触"人的"自尊"的。这封信是黎毅兄经过深思熟虑，在情节上提出可"巧"，但不能"太勉强"的"牵强的'巧合'"的见解，这是很有见地的。当时，我在思想上完全"吃"了，但在行动上，即该文收入《文集》时，没有"修改"，目的只想保留自己原创面貌的"瑕疵"。

　　1993 年，黎毅兄从自己 200 多短篇小说中选出了 30 篇，出版了《黎毅短篇小说集》（1956—1993）。我对黎毅短篇小说集的出版，似有一种"漫卷诗书喜欲狂"的心境。我的年纪虽然比黎毅兄较轻些，但大抵都是同时代的人，对其作品中所描绘五六十年代的环境、事件、人物都历历在目。读着，读着，叫我整个思绪沉浸到那个刚踏上人生道路的年代中去。我不时惊叹黎毅兄那时仅仅只有二十几岁的人，就能写出诸如《第五条冤魂》《老杨的职业》《小鱼》以及《篱笆里的春天》等成熟动人的作品。尤其是往后写的《鲁哈多和他的老牛》，把一个爱牛如命的鲁哈多写活了，真了不起。

于是，我写了一篇评论文章：《窥到下层人物心灵的作品——读〈黎毅短篇小说集〉》。在《新中原报》副刊发表后，很快收到黎毅兄的一封充满着幽默感的信，说："我不自量，'倾囊投资'出了这本书，今天读了尊作，本钱已经'收回'而有盈余。"在信中还自谦形容自己："说起话来，结结巴巴，听话的人可能不知所云"，建议往后要以书信"作交谈"，"心内有话，慢慢想，慢慢写"。

自那以后，我俩立下盟约："以书信交谈"。黎毅兄很守信，每当报纸发表我的文章，就如约来信。几乎每篇都给我"指指点点"，好的说好，不好的说不好，很憨厚，很率真，很中肯。黎毅的信，有长有短，长者上千字，短者只几十个字，随意书写，龙飞凤舞，很潦草。开始看时很吃力，半看半猜才懂得意思；后来看多了，其"草字"在我眼里，好像打字的一样"清晰"。每读黎毅兄的信，就如读其作品那样"过瘾"，窥到其为人、为友、为文的内心世界。于是，我都一一把信"珍藏"下来。日复一日，年复一年，到了1996年，当《黎毅短篇小说集》获得首届"亚细安文学奖"时，我在写信为黎毅兄道贺时，清点一下信件，不觉一惊：多达101封。

20世纪90年代的《新中原报》，方思若先生当董事长，白翎、钟子美、黎毅相续任该报副刊"大众文艺"主编，办得很出色，读者言报必言《新中原报》，文友谈副刊必谈"大众文艺"。那时，《新中原报》各版面，每年伊始，都要写出一篇总结式的评述文章。

1998年，黎毅兄刚当"大众文艺"主编一年，为如何作个评述性的总结伤透了脑筋。黎毅感到"由于情感的偏重，这篇总结性文章，感到写既不好，不写又不行。报社元旦特刊稿件的凑集已迫在眉睫，可自己又迟迟不能动手，内心一直牵挂"。一天，黎毅来信向我道出自己的"灰心事"，问我能否替他"解开心结"，代他写一篇有关"大众文艺"的评述文章，"什么形式都好"。黎毅兄是我的好朋友，为人诚实，平时只见勤勤恳恳给人当"公仆"，憨厚地"为他人作嫁衣裳"，"求"人的极少极少，甚至没有。这次黎毅兄有所"求"，我怎能拒绝呢？终于，我答应了，但说出心中的"苦处"："缺乏资料"。黎毅兄说："这没问题。"第二天，即抱来整年所保存的"大众文艺"。我翻着看看，当年副刊，每星期逢一、三、五出版，共121张，按年月日顺序叠得整整齐齐，我不禁肃然起敬。

　　我问："能剪吗？""可以，家里还有。"于是，我挑灯赶写，用了近半个月的业余时间，边看边写，一股劲写了洋洋近万字，题为《百花齐放，皆大欢喜——1997年〈新中原报·大众文艺〉漫巡》。文中我评述了49位当地作者和作品（国外除外）。其中也谈到黎毅兄自从接手"大众文艺"版以来，几乎把整个心思都扑在这块园地上了，自己文章虽不很多，但从："散文

《我与'光中'的情绪》，皆是知心话。微型《活佛》《投网》《卤人肉》等，可称都是'上品'。他的《卤人肉》一发表，文坛赞声很高。志文在《曼谷时报》的'文坛漫步'专栏，立即写了评语：'这是一篇反映泰币贬值后的及时应景文章。''寓意深刻，且富讽刺。文笔洒脱，描写生动，不愧为小说的斫轮老手！'此文很快被翻译成泰文。这篇微型的写法，是夹在现实与超现实之间，是黎毅创作技巧的突破与飞跃"。

黎毅兄看到我送去这篇洋洋万字的《漫巡》，很满意，在全文刊登时，也许看到文中没有写到作者自己，便写了《几句心里话》补了这一缺："过去一年来，曾心兄透过我们的友情和亲情，以及他对'大众文艺'的文学情，他所写的大半文章交给我的'大众文艺'发表。他的小说，并不曲折，但人物突出，有血有肉，呼之欲出。他的散文，每篇都注入了浓浓的情感，令人读之感到一份真情。文章不但受到本土读者的喜爱，亦为国外读者所喜爱，国外报刊竞相转载便是一例。"最后，他还说："曾心兄不但给'大众文艺'写了好多出色的文章，同时亦无时无地不关注其他文友发表的文章，由他着手写出'大众文艺'一年来这篇总结文，当然会比我写得更好，更生动，更客观，亦更全面。"

可见，黎毅作为一位主编的苦心、自谦和关爱，时时想到如何为"他人做嫁衣裳"。

黎毅兄的离去，给我和文友留下一份情感的真挚、友爱的纯粹、心地的质朴。

黎毅兄的离去，使泰华文坛失去一名"大将"，其虽不擅长辞令，但善于指挥、驾驭自己心灵的"千军万马"。

有人追求到人间"潇洒走一趟"。黎毅兄到人间并不潇洒，却诚实走了一趟，留下一个永不熄灭的精神大光环。

愿黎毅兄在天之灵永安永存！

选自《泰华文学》2013 年 3 月总第 65 期。

大会内外掇拾

一

曼谷 12 月天，属泰国三季中的凉季，如中国的秋季，天高气爽，第 7 届东南亚华文诗人大会在最佳季节召开，客观上给大会增添了几许暖意，几许温馨。但不幸的是，今年凉季，泰国政局动乱，示威群众有如燎原之势，谁都无法估计，天空风云会怎么的突变。尤其开会前夕，处处布满不定数的雷电。故此，我们很担心，如此的"形势"，会吓退部分有心要参加大会的诗人。

印尼本是个千岛的诗国，临近大会，还没人报名，我急了，写信给顾长福先生。他是"笔会"发起人之一，记得当年他对我说，自己开了一家小酒厂，并拍着我的肩膀豪情地邀我到印尼喝他自酿的酒。这次我送给他的邀请函，还附上几句开玩笑的话："请马上买飞机票，带上您自酿的美酒，在美丽的曼谷干杯。"他的回信："本届的诗会我早已安排好行程，机票也备妥。但贵国风声紧，媒体新闻引人不寒而栗，最终内人和家人对我'好言相劝'，因内疚匆匆赋此拙作并火速寄发给您，深信错漏连篇而汗面。斗胆一试送大会此份薄礼，望莫见笑咧。"他的诗作共16行，题为"阿弥陀佛的连绵声浪——热烈祝贺第7届东南亚华文诗人笔会隆重启幕"，最后一段写道："曼谷啊曼谷／您可能耳聪目明地辨认／东南亚诗人／用那嘹亮的嗓子在祈祷／阿弥陀佛　阿弥陀佛……"

不料，6日政治动乱再次升温，晚上，香港代表团5人，突然告知取消行程，说是港府发出红色旅游预警。

这突然"变卦"，我们只好叫苦，因为酒店已预订，怎么办？此时，我心中的雾霾比外界的动乱更加的沉重。

7日报到，我最高兴的是见到吕进夫妇能如期到来，因为他是大会主题发言人，如来不了，大会就成了没有"主题"的大会。因此，我紧紧握着吕老师的手："太高兴了！太高兴了！"吕老师也许悟到我"高兴"背后的深意，便笑着说："孩子不让我来，直至要上机，在新加坡的孩子还打来电话。但我相信主办单位，终于来了。"

那晚查看了报到处，真叫我高兴，新加坡、马来西亚、菲律宾、印度尼西亚、越南、汶莱、缅甸的诗人，中国大陆和台湾特邀嘉宾，一个不缺，如数到来。

二

安排到飞机场接机，是件很头痛的事。这次来宾共有51名，却分为25个班机，又有新机场旧机场，很零散，怎么办？有人建议：让来宾自己雇的士到酒店。这样当然方便得多，但给来宾第一个印象会有什么"感觉"呢？因此，我们还是决定到机场接机，首先把两个承

办单位的理事排排队，勉强只能应付一个旧机
场的接机任务，而新机场接机怎么办呢？我把
苦衷告诉易三仓孔子学堂泰方院长卢瑷珊老师，
她一口答应调派志愿者老师：王磊、刘振、丘
庭和冯少杰等 4 人来支持。他们个个年轻力壮、
生龙活虎，一早就到机场轮流接机，接完最后
一班机已是晚上 9 时多了，但他们还没吃晚饭
呢！

三

　　大会决定出版大会手册，最难做而琐碎之
事，就是"通讯录"。杨玲一来，就从事此工作，
化难为易。

　　另一件头疼之事，就是出版论文集问题。
明明在邀请函写明：特邀代表要在 11 月 25 日
前提交发言稿，以便翻印成册子，可是到了 12
月 3 日还没交齐。我们着急了，联系印刷厂，
说最快也要 3 天，其中 5 日是"万寿节"，放假
一天。怎么办？办公室林康鸿说"自己搞"，我
问："能吗？""试试看。"小林平时办事很认

真，我相信他，便放手由他去做。他4日与恩美共同研究，先印出一本"第7届东南亚华文诗人大会（手册）论文集"，并印钉给我看，我觉得装潢还倒新潮，封面也有特色。

小林为了出版此册子，4日苦干到深夜两点，5日是"万寿节"他也不放假。终于在6日晚上，一本自编、自印、自钉的《第7届东南亚华文诗人大会（手册）论文集》出版了，印数120本。这册子除12篇论文外，还有大会筹备组织名单、大会方案与程序、致辞，以及通讯录等。

四

一个会议要办得成功，需要人才和钱财。

这次会议之能顺利举办，主要是泰国华文作家协会和留中总会文艺写作学会，这两个热心于文艺事业的大单位作为强有力的后盾，在精神上、人力上、物质上给予大力的支持。两单位在召开紧急理事会上，都承诺各捐助4万。作协永远名誉会长司马攻先生还说，要办就要办得体面些，钱不够，两个单位还可再派。

讲到捐款之事，我不忘文艺写作学会副会长林太深的"功德"。他平时脸皮很薄，从不敢向人提"赞助"之事。此次为筹办诗人大会而召开的理事会，由于会长身体欠佳，委托他当"代会长"，他似乎吃了"豹子胆"，胆敢在会上号召大家赞助。于是，在他先赞助1万铢的带动下，出席会议的廖锡麟、张祥盛、卢瑷珊、邓玉清等各捐1万，张琦、曾心各捐5000。之后，梦莉、许家训、廖志云、何锦江等又各捐1万，共180.000铢。张祥盛先生还私下对我说，如果钱不够，还可以再赞助4万，共5万。

好啦！"钱"到位，锣鼓就可敲打起来，后面的"戏"也就好演了。

五

6日下午，在筹备明天报到事宜时，杨玲提到第12届亚细安华文文艺营在曼谷举办时，一见面就给戴上茉莉花环，文友们显得特别开心。我一听就乐了："我们也做。"但办公人员皱起眉头说："现在几点？都下班了，哪里有卖？"突然，我想起有一位朋友是卖花的，便给她打电话。她说："店里只有卖鲜花。"但她答应代买，我交代她一定要买贵一点的。我的价值观：贵的，一般质量就好。第二天一早，她叫人送来一箱茉莉花环，装在严实的泡沫箱里，很沉重。打开一看，才知道箱底还有一层厚厚的冰，以低温保存花的鲜艳。

代表们一到，每人送一个花环，戴在手腕上，个个笑得像茉莉花那样美丽。有位女诗人可能没见过，便问，这花是真的还是假的？我请她自己闻闻看。她哇的一声："好香啊！"

泰国是个微笑的国度，尽管近年被社会上的嚣声抹去一些"笑色"，但在这里，诗友们戴上了花环，一时似乎又把"微笑的国度"的形象挽回来了。

六

这次邀请方文国参赞莅临大会并致辞，泰国文友们都很高兴。因为方参赞是中文系本科出身，平时在报刊发表许多值得赏析的美文。他没有"官架子"，平易近人，与文友们心灵相通。每次听他的致辞，即使是即席发言，都颇有含金量，文采飞扬。

我知道他很忙，日理万机，因此，给他邀请函，只请他致辞，不敢要求写成书面稿。谁知到了11月底，原来邀请4位致辞者已3位送来致辞稿，我灵机一动，如果方参赞也能送来致辞稿，全部都收进大会集子里，那就完美无缺了。于是，我给方参赞打手机。他说近来很忙，还没时间写。停一会儿，他说争取星期日（即3日）写，星期一送稿。到了星期一上午，我又给他打电话，他说还要修改一下，争取下午送稿。结果，他按时交稿了。我看了致辞稿，虽属急就章，但依然像他每次的致辞，很有正能量，文采飞扬。

不妨引一段共赏析："自有中国人踏上东南亚以来，就有反映他们生活的歌谣等作品出现，起先是在蕉风椰雨中口口相传，再有文字的记载，到现在，诗集、小说集、散文集等反映东南亚华侨华人生活的文学作品如雨后春笋，蔚为大观。东南亚诗人大会的创立与发展，促进了放映这一地区华侨华人生活创作的繁荣。"

七

8日，大会正式开始，从早上8：30到晚上9:30，长达13个钟头，食宿、活动、休息、宴会等都"关"在帝日酒店里进行。外面如火如荼的反政府群众示威游行，一时与我们"隔绝"。但身为负责具体安排的我，总是忧心忡忡，担心明天的"曼谷一日游"能否按原计划进行。听说明天示威队伍将"兵"分9条路线，包围政府主要机构。过后又得知明天第一组要去"海底世界"的，那儿只有60%开放的可能性。而第二组要去玉佛寺的，须经五马路，早已被"堵死"，只有绕道从唐人街（耀华力路）走，又听王先生说，唐人街也有示威游行。因此，有人建议明天"一日游"改到水上市场、蜡像馆、佛教城、玫瑰花园等地。

那晚回家，我特地驾车经过唐人街，亲自

实地视察。亲眼所见，唐人街虽有三五成群"小集"，但未形成什么足以阻碍交通的队伍。到家里又看了电视，了解和分析两百万示威群众游行的路线图，"海底世界"也不属大游行的重镇地带，于是，决定"一日游"的景点依然照原计划进行。

我与诗雨带队到玉佛寺，吴小菡带队到海底世界。我们的中巴绕道走，经过唐人街，到了波浩大桥，就见到零星队伍举着国旗从大罗斗圈走来。未见过示威游行队伍的诗人很好奇，争着往外看。这一看，见到队伍很有秩序，边走边喊口号、边吹哨子，立即消除他们心中的"恐怖感"。

我给吴小菡挂电话，问他们那里怎样？她说，没事，已进了"海底世界"。她还说，路上遇到小规模的示威队伍，大家都跑去看，争着与他们照相，高兴得不得了。

我们的车子也很顺利到达泰国之宝——玉佛寺。刚下车，见到游客人山人海，一片祥和，排着长龙阵购买门票，不见有点"动乱"的迹象。诗友们都感到难以理解。

我还告诉他们：离这里不到两公里的五马路，就是反政府派百万"大军"扎营的重镇。集会和游行已进行了 40 天，曼谷还没出现什么"社会动乱"，这在世界群众示威游行史上是个奇迹。

选自《泰华文学》第 69 期，2014 年 2 月版。

联想与沉思

——写在曼谷举办"第 11 届世界华文微型
小说研讨会"的日子

戴着日月

和着风雨

一艘方块字的小船

摇呀摇……

她从黄浦江出发

前年

已抵达第一码头——狮城

经过两个春秋

她又摇呀摇

鼓浪而来

在湄南河畔靠岸……

这是我 1996 年 11 月 23 日发表于《新中原报》的诗:《一艘方块字铸造的小船》的前半部,写于"第二届世界微型小说研讨会"在曼谷召开的前夕。

这艘"方块字铸造的小船"又于 2016 年 9 月 16 日至 21 日第二次来到湄南河畔。

时隔 20 年,在历史的长河中只是短暂的一瞬,但在人生的旅途中却是过了 1/4 的岁月。因此,一见面,感觉最大变化的就是"旧友"。当年还是如日中天的作家、评论家,如今都已白发苍苍的"夕阳红"。"新知"虽然见面不相识,但握了手,看了胸前挂的牌子,便会"哦"的一声:"久闻大名"。 从这次提交的论文看,"夕阳红"依然是这次会议的顶梁柱,依然是世界华文微型小说的领军人。

9 月 17 日上午,在潮州会馆举行开幕式,泰华作家协会用心良苦,把泰国华文作家协会成立 30 周年,与第 11 届世界华文微型小说研讨会一起举行，规模之大，侨领之多，场面之壮美，形式之新颖，布景灯光的现代化，令新知旧友大开眼界，纷纷发出"震惊"的赞叹。有人说："我参加过11届世界华文微型小说研讨会，像这样高规格的大场面还没见过，我感到震惊。"有人说："想不到我们写微型小说，背后还有这么多侨领关心、支持我们，感到很开心。"有人说："如果我们有如此温馨的创作环境，就能像司马攻先生所说的，多写微型小说能长寿。"但也有人担心："开了这样大场面的研讨会，怕今后没人敢接手举办。"

当激情画面、欢呼声，赞扬声还萦绕在脑海中时，我却想起"人一走，茶就凉"这句俗话。如何让"茶不凉"呢？相信每个文友都有各自的看法和思考。有人会把"双会"壮丽的场景、丰盛的宴会、喜悦的心事……写成精美的文字，留在美好永恒的记忆里；有人也会主张坐下来，好好拜读这次会议提交的论文，从理论上提高自己，写出突破自己的微型小说和闪小说来；也可能有人认为泰华作家协会很有钱，再来几次"散文""微型小说"比赛，借"比赛"之"火"，把煮茶的"炉子"烧得更火旺。这些"思考"都各有千秋，寄托着美好的梦想。

近日，我在"沉思"中又想到 20 世纪 90 年代末，司马攻先生提出的一个隐忧："泰华作家老化，有黄无青。"在《多是人间六十翁》中他又说："经常写文章的人，百分之八十年过半百了！"时至今日，时隔近 30 年，当年"过半百"的写作人，多数已逾"古稀之年"，迈入"耄耋之年"。岁月不饶人，有的走了，有的病了，还健在的为数不多了。"新血"在哪儿？经过"浪淘沙"之后，只见个别本土和数位"新唐"变"老唐"，而多数土生土长的"新生儿"，似乎还在试管培养中。

实际情况是怎样的呢？1994 年，泰国政府对华文教育解禁管制条令，至今已过了 22 年，在这些年中，到中国高等学府的泰国留学生逐年增加，并先后戴着学士帽、硕士帽、博士帽回来了。他们走南闯北，寻找适合发挥自己特长和爱好的工作，多数已在不同岗位上发挥了懂得中文的优势，起了骨干作用。尤其在教育战线，以前泰国高等学府的中文系教师，几乎都是从中国聘请来的，现在逐渐被去中国留学的泰国学生而取得硕士、博士学位的人所代替。由于当今写作"无价值"，文章"无价值"，此"事业"，只有"名"无钱，没有吸引力，难引起这群精英的兴趣，更不能引爆他们自觉创作的欲望和火花。因此，我想，他们目前还年轻，正处在闯事业的黄金时代，他们先"下海"去，等到能立足于社会，事业有成而无后顾之忧之时，相信其中一部分文学爱好者，也许也能像20世纪80年代的泰华一批老作家一样，出现"上岸"与"出山"的现象。当然，这是一条"等待"之路。

我想，还有一条路可走，就是抓住时机，加以"培养"。泰华作家协会可以举办，或与某大学联合举办"文学创作班"，并给予参加学员一些补助，培养他们的兴趣爱好和提高他们的文学创作水平。同时，可考虑举行文学创作比赛。以前，泰华作家协会也举办各种文体的比赛，但获奖者多数是"老面孔"。当然，这也很好，说明"老面孔"创作精力依然旺盛。但今后比赛，眼睛最好盯在本土的年轻一代身上，限制比赛年龄在 35 岁以下。比赛的结果，必将涌现出一批"新面孔"。

我想，新作者与其"等来"，不如想出办法培养"出来"。

选自《泰华文学》第84期，2016年12月1日。

文艺天空的"风"

在商余和写作之余的我，总喜欢看看、听听那远方的中国的文坛上的新动向。

近十几年来，尤其是 20 世纪 90 年代以后，中国文坛给人一个感觉："流派"特别多，"旗帜"也特别多！故此，有人这样形容："无疑'开放改革'赐福于中国文学，各种流派、山头、旗号嬗变之速，蹿起之猛，如走马灯，如山阴道，令人眼花缭乱，应接不暇（马阳：《疯狂沉沦与艰难奋起》）。"

我把这些"流派"与"旗帜"等东西，按照品种归归类，倒有以下的"景观"：

在文学方面：有"伤痕文学""反思文学""寻根文学""知青文学""新都市文学""新状态文学""新写实文学""先锋文

学""探索文学""痞子文学"等。

在小说方面：除了以上"在文学方面"所提及的外，还有"新体验小说""文化关怀小说""新市民小说""新闻小说""TV 小说"——即在小说中注入"视幻文化"，等等。

在散文方面：有"小女人散文"——"写身边琐事、亲朋好友、穿衣打扮、吃喝玩乐的消闲文学"。

在诗歌方面：继"朦胧诗"落潮以后，出现"后现代主义"诗派，主张打破现代艺术界限，认为"行动本身为艺术"，强调诗歌平民化、口语化等。

以上的"流派"与"旗帜"，我想，假如由于作家本身在创作实践中自然形成不同流派、不同的风格与特色，那也是无可非议的。如在《中国现代名作家名著珍藏本》中，就定冰心的小说为"温馨小说"，许地山的小说为"灵异小说"，茅盾的小说为"社会小说"，沙汀的小说为"乡镇小说"，丁玲的小说为"女性小说"，巴金的小说为"域外小说"，郭沫若的小说为"漂泊小说",郁达夫的小说为"自叙小说",鲁迅的小说为"自剖小说",屠格涅夫的小说为"爱情小说",卡夫卡的小说为"荒诞小说",吉卜林的小说为"动物小说",詹姆斯的小说为"心理小说",莫泊桑的小说为"社会小说"等。

而当今的中国文坛,问题在于由某些作家、理论家,尤其某种杂志有意地崛起的"流派"、树起的"旗帜",搞得满天飞,这就值得深思了。

有则来自北京的消息:先是《北京文学》打出"新体验小说"的旗帜,后有《钟山》杂志和《文艺争鸣》联合推出"新状态文学"。《春风》杂志不落其后,"新闻小说"独树一帜;《小说林》杂志闻风而动,"TV小说"旗帜迎风飘起。《上海文学》动作最大,先打出"文化关怀"的大旗,后又与《佛山文学》联合举办了"新市民小说联展";而这"新市民小说"与《特区文学》提出的"新都市小说"不谋而合。

且看,一方由杂志编辑们打出"文学旗帜",另一方的作家们就会各自"聚集"在这些旗帜下面"摇笔呐喊"。韩春旭在《青年文学》

上发表的《论作家》中有段颇精彩的描述：作家们的作品，眼下城市最大的瘟疫就是时尚与流行，为了自己不落伍，东张西望，匆匆忙忙，人云亦云，将自己支离破碎得像个万花筒……你"性"焦渴吗？我就给你来写赤裸裸的"性"张扬。你渴望猎奇吗？我就给你来写灵魂附体，能穿墙能入地的当代神人。你最想知道名人的隐私吗？我就给你蘸些名人们五光十色的艳闻艳史。城市的瘟疫，使他们学会了用鼻子思考和输出，用自己本身也染着的病体，吞噬着你，让躁动的更躁动，让低劣的更低劣。

这股"风"，看似"你追我赶"，颇使人耳目眩惑。褒乎贬乎？各有人在！但我却觉得，在这股文艺的"风"中，也许在杂志方面，能在市场挑战的困境中，求得一息的生存，而在作家方面，也许有个别作家会偶然写出"惊人"之作，而多数作家除争得多发表些文章，多拿些稿费外，留下来的文字，不免会有许多属于"嘲弄神圣，躲避崇高，调侃理想"的东西。

"风"之而来，是有它一定的气候和土壤的。

外因，可能是某些文学期刊，为迎接市场的"挑战"，摆脱文学的"困境"，而对原来那种在计划经济统筹下"千刊一面，千部一腔"的格局，试图进行"突围"，以新、怪、异、奇来醒人耳目，去迎合读者的媚俗倾向。

内因，与其说在"商海滔滔"下，部分没"下海"的作家，在"精神孤岛"上，还蓄着"一种锐意创新的改革意识"，不如说在商海大潮的冲击下，埋藏在他们心灵深处的各种欲望的释放。其中既有风派思潮所泛起的"沉渣"，又有急功近利思绪的躁动，又有为"小名""小利"思想的泛滥。

"风"之源口，似乎还可以"闻"到与一些文艺理论有关。

据报道："新状态文学"这一文学主张的提出，首先是一批评论家（王干、张颐武等）通过对新时期文学的考察，提出的一种带有战略性和超前性的理论主张。它具有 4 种超前性和导向性。

我由于手头缺少资料，对于所谓四种"超前

性和导向性"是什么东西，无法知道，但对于这种文艺理论在先，而创作实践在后的"文艺理论"，却感到愕然。如果按照实践论的公式，应是："实践—理论—实践"，而现在倒变成了"理论—实践—理论"。这种颠倒了"理论"与"实践"关系的文艺理论，难道会符合文学自身发展的规律吗？

主要还与另一种文艺理论有关，那就是"重建论"。

中国文坛进入20世纪90年代，有不少追赶潮流的"惊人"之论。有"人文精神的重建""文学的重建""诗歌的重建"，等等。如"后现代主义"诗人的代表者在《诗歌精神的重建》一文，便开宗明义：我们正在重建诗歌精神，认为"往昔的理想主义的英雄面具一起，日益成为一些再也难以依附的泡沫"，提出"诗歌已经到达那片隐藏在普通人平淡无奇的日常生活底下的个人心灵的大海"。于是在他的"重建"起来的诗歌，便有这样的诗句："窗外正是黄昏 / 有人在卖晚报 / 喝完咖啡又喝啤酒喝凉水 / 其间三回小便／晚饭的时间到了／丁当你的名字真响亮／今天我没带钱／下回我请你去顺城街／吃过桥米线"（《有朋从远方来——赠小丁》）。此诗是好是坏，读者自有鉴赏能力。我只要说那"重建论"的问题。

我总是觉得一个国家、一个民族的文艺"宫殿"，不是一个人、一代人或几代人就能建立的，而是经过世世代代人的共同努力，付出无数的心血，在相当长的历史长河中才逐步建立起来的。正如鲁迅先生所说："新的艺术，没有一种是无根无蒂，突然发生的，总承受着先前的遗产。"（《浮士德与城后记》）而那些作家、诗人，竟凭个人的"胆识"，心血来潮，就肆口要"重建"这，"重建"那。须知，"重建"意味对以往的东西的砸烂。这一代要砸烂前一代，后一代又要砸烂这一代。一代砸一代，世世代代，烟尘滚滚，结果将会"重建"出个啥东西来？

正确的态度，应像鲁迅先生所说的："采取外国的良规，加以发挥，使我们的作品更加丰满是一条路；择取中国的遗产，融合新机，使将来的作品别开生面也是一条路。"(《且介亭杂文·〈木刻纪程〉小引》)。这"两条路"，是文学发展之前路，是金光灿烂的大道。因此，"重建论"可以休矣！它只不过是些扩大个人和一代人的"天才"作用而高谈阔论者的空论罢了。

老舍先生说："我们要写的东西不是报告，而是艺术品——艺术品是用我们整个的生命、生活写出来的，不是随便地给某物照了个4寸或8寸的相片。"(《怎样写小说》)因此，我想，在创作"艺术品"的过程中，不能人为地崛起"流派"，树起"旗帜"，要作家、诗人写一时合乎读者口味的东西，而应当让作家、诗人以自己的"整个的生命"去写他自己所熟悉的东西。如果你熟悉工农兵生活，你就写反映工农兵的东西；你熟悉知识分子生活，你就写反映知识分子的东西；你熟悉城市小市民生活，你就写反映城市小市民的东西；你喜欢"风花雪月"，你就写"风花雪月"的东西；你喜欢"鸳鸯蝴蝶"，你就写"鸳鸯蝴蝶"的东西……这样

"八仙过海，各显神通"，自然地形成自己的流派，树起自己的旗帜。而那种人为地强扭成的"流派"与"旗帜"，看似是创作上的开放与自由，实际上，要人写这种题材，要人写那种内容，也是一种变了形的条条框框，与当年凭某些理论，只写工农兵生活的作品有什么两样？

近来，不知怎么的，我倒是老在脑海里思考这么一个问题：中国文艺天空的"风"，照理应不限空间、不限时间，向四方八面吹去。奇怪的是它似乎吹不到湄南河畔！或许湄南河畔缺乏适应此风的土壤和气候；或许湄南河畔的作家、诗人多数是从"商海"打滚过来的，对"文"不当成饭碗，少有急功近利的思绪；或许湄南河畔的作家、诗人，多数上了知命之年，对一些"标新立异"的新东西，不过于"敏感"，不易于"冲动"，习惯走自己的创作老路；或许湄南河畔的作家、诗人多数没有什么洋博士、硕士、学士之类的帽子，脑子里没有太多什么"思潮""主义""流派"之类的酵母……

噫！思考是痛苦的！何必再胡思乱想地思

考下去呢!

　　算啦!那些人为突然崛起的"流派"与"旗帜"必然是一阵风。风者,飘拂而来,飘拂而去,是短暂的,是过渡的,在中国文学史上只能留下一个个问号与感叹号!

　　选自曾心著《给泰华文学把脉》,厦门大学出版社,2005年3月版。

散文路上的回眸（代后记）

不知是命运的注定还是嘲弄？

离开泰国 26 年的我，又于 1982 年，回到出生地。那时父亲已去世，母亲瘫痪在床上。我用针灸和药物精心治疗，母亲病情有很大的好转，左邻右舍不少病人随着来求治，让我整天与病人打交道。故此，命运之神又使我走上悬壶济世之路。

到了 1988 年，我生活较宽裕，孩子也长大了，没有后顾之忧。我想，我的生命，除了学习、工作、劳动等外，也曾写过一点文学和医学之类的东西，但更多的时间是为生存，为立足于社会而搏命，算辛辛苦苦地过去了。且留下后半生，如何安排呢？也许我是念过汉语言文学专业的，总觉得"文学是我的理想国"（海伦·凯勒：《自传》），是"人类的精神家园"。此时，偶然在《新中原报》上看到征文比赛，我久被生活所迫而弃于冷处的那棵文艺种子，似乎在渴望破土而出！于是我写了一篇《杏林曲》，并用笔名曾心。因为那时我正好与同仁合办一所泰中医疗服务中心，便取其尾字——"心"，凑成笔名。结果那篇与医学有关的《杏林曲》得了泰华短篇小说创作金牌征文优秀奖。同年，白翎先生介绍我加入泰华作家协会。在"作家之家"里，我认识了许多良师益友，如方思若、司马攻、梦莉、黎毅等，见到他们"在崎岖而泥泞的小道上迈步"的牛的精神与毅力。从此我开始关注泰华文坛，且慢慢地走上了文学之路。提笔写点东西，从"理想国"里寻找一点精神的享受与寄托，从"精神家园"里寻找到一些心灵的温馨和"回归"的情趣。

　　1992年冬季，我首次到建瓯市探望岳父和岳母，并到武夷山等名胜，还到厦门重寻学生时代走过的足迹，而且想见那里多年不见的老师、老同学。我第一个要造访的，就是与我同窗十年的陈慧瑛。当时她已是中国作家协会会员，中国散文诗学会副会长，厦门市作家协会主席。出版了《无名的星》《归来的啼鹃》《展翅的白鹭》等10部集子，其中46篇作品在全国获奖。《无名的星》获得中国作家协会主办的全国优秀散文集大奖。她的骄人成绩，给了我很大的鼓舞，也令我自觉惭愧，便下了决心要向她学习。回来后，我马上动笔写了《一飞冲天的白鹭——造访中国当代女散文家陈慧瑛》。随后，又写了一篇纪实散文《猴面鹰哀思》，即写我到武夷山旅游，亲眼见到国家二级保护动物——猴面鹰被残杀，当作腹中食、口中福的惨景。我心中愤愤不平，发出了救救那里珍禽奇兽的呼声。这该算得上是中国早期的环保散文。写后又觉得这是一篇"揭伤疤"的作品，恐怕在中国报刊上难以发表。不料此文获得了第一届"冰心文学奖"散文参赛入围奖，还编入该次比赛作品选《千花集》，随后，上海著名文学刊物《萌芽》也发表。江苏人民广播电台记者陆备在我出席南京第 8 届世界华文文学国际研讨会上采访了我，写了《泰华文学有生机》，并在江苏人民广播电台"午间时空"，由杨槐朗诵了该文和《猴面鹰哀思》一文。这给我精神极大的鼓励和充电，使我有信心与毅力登上人类精神家园的初步阶石。

接着，我又写了散文《大自然的儿子》。文中记述我一次到农村去看病，亲眼见到的一位 90 岁老人"热爱大自然，熟悉大自然，了解大自然，领受大自然的赐给，成为大自然的真正儿子"的事迹。文章发表后，受到评论界的"热捧"，如李润新教授写了《一曲优美的"天人合一"之歌》，龙彼德研究员写了《深度来自哲思——评〈大自然的儿子〉》等，该文还被选入吴欢章、沙似鹏主编的《20 世纪中国散文英华》（复旦大学出版社，1997 年 12 月）。后来我又改编为短篇小说《在水乡栖居处》，被选入第二届"冰心文学奖"短篇小说参赛选集《玫瑰花集》。

从此，我觉得写散文更能直接抒发人生的阅历，它是自己人生和现实的一种借鉴与思考。

之后，我更爱上了散文，不仅喜欢读，而且也喜欢写，几乎全神投入，进入了"沉醉不知归途"的境界。

那时，正好是黎毅先生当《新中原报·大众文艺》主编，我几乎每星期向他投一篇稿。他也积极向我约稿，又认真地对拙作进行"把关"。我每投一稿，他都像一个高明的医生，给予"把脉"，而且把"诊断"的结果，及时写信告诉我。这样一来一往，日复一日，年复一年。我把他的信件"珍藏"下来，多达101封。我真幸运，在我踏上散文之路，便遇到一位好的园丁——黎毅，一块好的"寄生草"——"大众文艺"园地。

1995年，在司马攻先生的"怂恿"和他鼓励下，我出版了《大自然的儿子》一书（云南民族出版社）。他在《和谐敦厚 质朴清新——序曾心〈大自然的儿子〉》中"点"出我的散文风格："质朴清新，自然平实"，道出我的处境："数十年来，曾心在选择环境，在选择职业，这对他来说该有几许无奈。近来曾心对文学很投入，这是他文学的回归，也是时代、环境选择了他，泰华文学选中了他",还对我寄以期望:"为泰华文学'分身',曾心是责无旁贷的"。司马攻的期望,加重我文学担子的斤两。

该文集出版后,反响较大,获得不少评价论文,如翁奕波的《论曾心的文学创作》、杨振坤的《朴素淡雅见真心——读曾心散文小说集〈大自然的儿子〉》。陈贤茂主编的《海外华文文学史》,还由此在该《史》中立了个案(鹭江出版社,1999年8月)。

为了不辜负"为泰华文学'分身'"的期望,在掌声中,我的"文学回归"欲望不断上升,时时"激活"我内在的"动力"和"潜力",思绪和"灵感"有如湄南河之水,悠悠不断。

时隔4年(1999年),我出版了第二本散文集《心追那钟声》(泰华文学出版社)。司马攻和梦莉会长在百忙中给我写《序》。司马攻在《真心动真情 随缘也随意——序曾心〈心追那钟声〉》说:"曾心是一位悟性很高的散文家,他苦参儒释道三教的人生真谛。""有深悟必有深意,有多悟必有多义;曾心的散文含蓄而深刻,情感多层次，形成了主题多义性。"还说这个散文集所收的散文，比4年前结集的《大自然的儿子》中的散文，"更有自己的亲切感与至诚，有更多的人生真谛和机趣"，此集子的散文创作"又向前迈进了一大步"。在此，要感谢司马攻先生又一次给我的掌声和鼓励！

梦莉会长在《以一片真心追来了一束深情——序曾心的〈心追那钟声〉》说："曾心善于对人生事理的洞察，对事态的感悟，对人生真谛的追求。他的散文有感情也有理性。"还说"追寻和追忆是这个散文集的特色"。这是很中肯的，很有眼力的。她帮我找到写游记散文的艺术特色——"追寻"，揭开我写游记散文的"秘诀"。我觉得游山玩水是一种眼见之乐，这是可得之乐；还有一种想得之而不一定能得之的内心之乐，则是"追寻"之乐。

龙彼德在《美：对永恒的趋近——读曾心散文集〈心追那钟声〉》说到"着相"和"不着相"时，以拙作《登武当山极顶》为例，写道："这是对精力耗尽，又过了极限，摆脱抬轿子的兜揽生意，也排除了一切俗念的干扰，冒雨登高诚心朝拜真武大帝的报偿。"

冒着细雨，我站在"光辉顶点"凭栏观望，既见不到"七十二峰朝大顶"的壮景，也望不到"会当凌绝顶，一览众山小"的景观，"但见万壑空烟霏"，一个云雾茫茫的清凉世界，心里头便有几许"来不逢时"的缺憾！但在云封雾锁中的我，又觉得有人间未有的绝妙，似有"山顶白云千万片，时闻鸾鹤下仙坛"的境悟。此时，又不知道从哪里飘来"颇有远古巫觋乐舞之遗韵"的道教音乐——《澄清韵》。飘飘欲仙的我也跟着诵起"琳琅振响，十方肃清。河海静默，山岳吞云。大量玄玄也"来了。

龙彼德评价说："在这里，情、景、理达到了美妙的融合，甚至有些'不可言说'的味道。作者在这一瞬间与永恒打了一个照面。"

说实在的，当时我也不懂得什么"着相"和"不着相"的东西，只是写到"入神"时，而

"自然"流出来的。这也许跟我每晚盘腿静坐有关。当脑子得到"宁静"时，即有"真空妙有"的出现。如释万行所说："朗朗虚空中虽无一物，但超越头脑以外的那点觉知还是存在的，当外界有信息传来，这个'空'中立即生起妙有，与此信息相应，用之即有，舍之即无，找不到也丢不掉，空有相应，周流六虚，隐现无常，鬼神莫测矣。"可以这么说："真空妙有"的出现，就是"灵感"的到来，是可遇不可求的"黄金刹那"，要是"在一刹那上揽取"，乘兴而作，往往就会"下笔如有神"、出现"神来之笔"的玄奥。

我在《心追那钟声·自序》中引了毕达哥拉斯在《古希腊罗马哲学》的一句话："一切立体图形中最美的是球形，一切平面图形中最美的是圆形。"记得年轻时，我也和一般年轻人一样"血气方刚"。但经过几番岁月的"浪淘沙"，棱角销蚀，热血冷却，"刚"变成"柔"了，对人对己渐渐地"宽容"起来了。感到一个人从呱呱坠地算起，数十年间，只不过是到地球走一圈，从起点到终点，只是大小不同的一个"圆"而已。地球是圆的，太阳是圆的，星球是圆的，一切生灵的眼珠子都是圆的。"圆"是完满的象征，最美丽，最极致。因此，我想做人也要"圆"，把"圆"作为圭臬。在我创作的心路里，我总想沿着圆形的边沿走，袒露了自己生命所追求"圆"的境界。因而，在我的笔下，喜欢写赞颂真善美，喜欢写"宽容敦厚，慈爱和谐"的东西。本来三教（儒释道）存在着很多矛盾，但在我心中，三教的矛盾是可以统一的。我想，对这些题材的选择，有所得，也有所失。得者，正如著名诗人晓雪在《赠曾心》一诗中所说的："让世界充满爱，对万物皆有情。"而失者，如评论家翁奕波在《中庸：人性美的极致——论曾心文学创作的审美追求》中所指出的："由于文学与生活的密切关系和文学的前瞻性，它往往更为迫切地呼唤着悲剧之美，呼唤起震撼人心叩击天地的充满悲天悯人忧患意识的悲剧之美。"龙彼德也指出："圆，不该是平面的，而应是立体的。因为平面只能从起点回到终点，立体则是螺旋式上升或螺旋式下降。起点与终点不可能重合，命运不可能完全一帆风顺。"

我感到他们能提出不同意见很好，可以扩展我的思路和眼界。我应当感谢他们！

20世纪90年代中期，泰华微型小说崛起；进入新世纪，又是闪小说、小诗的崛起。于是，我渐渐搁置了写散文，转而投入这三种新文体的书写，再没有出版散文集了。

嗨，这也许又是我命运的注定和嘲弄吧！

（选自《中文学刊》2021年第3期，总第77期）